로미오와 줄리엣

로미오와 줄리엣

초판 1쇄 인쇄 2021년 11월 1일
초판 1쇄 발행 2021년 11월 5일

지은이 윌리엄 셰익스피어
옮긴이 김영진
펴낸이 남기성

펴낸곳 주식회사 자화상
인쇄,제작 데이타링크
출판사등록 신고번호 제 2016-000312호
주소 서울특별시 마포구 월드컵북로 400 서울산업진흥원 201호(상암동)
대표전화 (070) 7555-9653
이메일 sung0278@naver.com

ISBN 979-11-91200-43-0 00840

로미오와 줄리엣

윌리엄 셰익스피어 지음
김영진 옮김

자화
상

| 차례 |

작품 배경

베로나와 만투아

등장인물

– 몬터규 가문 –

몬터규	적대시하는 두 가문의 우두머리
몬터규 부인	
로미오	몬터규의 아들
벤볼리오	몬터규의 조카, 로미오의 친구
발사자	로미오의 하인
아브람	몬터규의 하인

– 캐퓰렛 가문 –

캐퓰렛	적대시하는 두 가문의 우두머리
캐퓰렛 부인	
줄리엣	캐퓰렛의 딸
유모	줄리엣에게 젖을 먹인 여자
캐퓰렛 사촌	캐퓰렛 가문의 노인
티볼트	캐퓰렛 부인의 조카
피터	줄리엣 유모의 하인
삼손	캐퓰렛의 하인
그레고리	캐퓰렛의 하인

– 프란체스코 교단 소속 –

로렌스 수사
존 수사

– 그 밖에 인물 –

에스칼루스	베로나의 영주
파리스	귀족 청년. 군주의 친척
머큐시오	군주의 친척, 로미오의 친구
페트루키오	티볼트의 말 없는 추종자
시동	파리스의 하인
광대	
약장수	
세 악사	

베로나 시민들, 양 가문의 신사 숙녀 몇 사람, 가장무도회 참가자들,
횃불 든 사람들, 시동, 친위대, 야경꾼, 하인과 시종들

[일러두기]

셰익스피어의 극작에서 산문은 운문 대사의 약강 오보격 무운시 형식을 지키지
않는 것을 말한다. 두 형식의 가장 커다란 차이점은 물론 운문 대사의 음악성에서
나오지만 산문 대사를 말할 때 그 특유의 어조나 말투, 태도 등은 다른 분위기를
내는 데 많은 도움을 준다.

제1막

해설자 등장.

해설자 이 극이 펼쳐지는 아름다운 도시 베로나에
명망이 엇비슷한 두 집안이 있었는데
오래 묵은 원한을 빌미로 틈만 나면 싸움을 벌여
이웃의 피로 손과 손을 더럽힙니다.
이러한 숙명적인 두 원수의 몸에서
별들(당시 유럽 사람들은 출생 시의 별자리에 따라 운명이
결정된다고 믿었음)이 훼방놓는 두 연인이 태어났고
그들은 운 나쁘고 불쌍하게 파멸하며

부모들의 싸움을 죽음으로 묻었습니다.

죽음의 꼬리표가 붙은 이 두려운 사랑의 여정과

계속되는 부모들의 격렬한 분노를

자식들의 최후로밖에는 무엇으로도 못 막았지요.

그 내용을 두어 시간 동안 무대 위에 소개하니

여러분이 인내하며 귀를 기울여주시면

여기서 잘못된 내용은 열심히 고쳐 보겠나이다.

퇴장.

1막 1장

캐풀렛 집안의 삼손과 그레고리가
칼과 둥근 방패를 들고 등장.

삼손 그레고리, 우린 절대 욕을 먹진[원문 carry coals(석탄 나르는 천한 일, 굴욕을 감수하다), collier(광부나 석탄 장수), choler(화, 분노)를 이용한 말장난] 않을 거야

그레고리 그렇지, 우리가 욕을 먹어선 안 되니까 잊지 마.

삼손 내 말은, 거역하면 칼을 뽑겠다는 뜻이지.

그레고리 음, 하지만 칼 맞을 일은 안 하는 게 좋아.

삼손 이래 보여도 난 화가 나면 재빨리 찌르는데.

그레고리　자네는 찌를 만큼 화가 갑자기 솟구치지는 않잖아.

삼손　나는 몬터규 집안의 개만 봐도 화가 치밀어.

그레고리　화가 나면 움직이고, 용감하면 서 있는 법이야. 그러니까 넌 화가 나면 '걸음아 나 살려라' 하고 가잖아.

삼손　난 그 집안의 개만 봐도 화가 나서 서 있을 거야! 몬터규네 하인이든 하녀든 난 깨끗한 담 쪽 길(흙길에서 담 쪽은 가장 깨끗한 곳이었으며 윗사람에게 양보하는 것이 예의였음)을 차지할 테야.

그레고리　그게 바로 네가 약하다는 표시지. 가장 약한 자가 담 쪽으로 밀려나는 법이니까.

삼손　맞아. 그러니까 여자들은 약한 그릇[성경에서 여자를 일컫는 말(베드로 전서 3장 7절)]이라서 언제나 담 쪽으로 떠밀리지. 그러니까 난 몬터규네 하인들은 담에서 밀어내고 하녀들은 담 쪽으로 떠밀 테야.

그레고리　어르신은 어르신끼리, 하인은 하인끼리 다툼을 벌이는 건데.

삼손　그게 그거야, 난 폭군처럼 행동할 테니까, 그 집 하인들과 싸운 다음 하녀들한테는 꼭지를 칠 거야.

그레고리 하녀들의 머리를?

삼손 그래. 하녀들의 머리! 처녀성 말이야. 무슨 뜻으로 받아들이든 마음대로 해.

그레고리 그녀들은 뜻이 아니라 느낌으로 받아들여야 겠지.

삼손 암, 내가 서 있는 동안은 날 느끼겠지. 내 물건이 꽤 괜찮다고 알려져 있으니까.

그레고리 넌 물고기(셰익스피어 시대에 여자를 가리키는 속어)가 아닌 게 다행인 줄 알아. 그랬으면 말라비틀어진 대구였을 테니까. 칼이나 뽑으시지. 저기 몬터규네 놈들이 나타났어.

두 명의 다른 하인. 아브람과 발사자 등장.

삼손 무기를 꺼냈어. 알몸으로 싸움을 걸어. 뒤를 봐줄 테니까.

그레고리 뭐야? 뒤돌아 도망가려고?

삼손   걱정하지 마.

그레고리   그래도 참 걱정되네.

삼손   법적으로 우리가 유리하도록 놈들이 먼저 시작하
게 하자고.

그레고리   난 지나가면서 인상을 쓸 거야. 어떻게 나오는
지 두고 보자.

삼손   암, 대들어 보라지. 난 그들에게 엄지를 깨물어 보
일 테야. 그걸 참는 건 치욕이니까.

아브람   우리한테 엄지를 깨무는 거요?

삼손   내 엄지를 그냥 깨무는 거요.

아브람   우리한테 엄지를 깨무는 게 아니고?

삼손   (그레고리에게) 그렇다고 말하면 법적으로 유리해?

그레고리   (삼손에게) 아니.

삼손   아뇨, 당신들한테 엄지를 깨물긴 했지만 그냥 내 엄
지를 깨무는 거요.

그레고리   지금 시비를 거는 거요?

아브람   싸움이라고요? 아니요.

삼손   하지만 건다면 내가 상대하겠소. 나도 당신 못지않

으니까.

아브람   더 나은 건 아니겠지?

삼손   글쎄요.

벤볼리오 등장.

그레고리   (삼손에게) 더 낫다고 그래. 저기 주인어른의 친
척 한 분이 오고 있어.

삼손   암, 더 훌륭하지. 우리 주인님이 더 낫지.

아브람   거짓말.

삼손   당신들이 남자라면 칼을 뽑아. 그레고리, 네가 뽐내
는 칼 솜씨 잊지 마. (그들과 싸운다.)

벤볼리오   떨어져. 이 바보들아.
칼을 거둬. 무슨 짓을 하는지도 모르면서. (그들의 칼을
쳐 누른다.)

티볼트 등장.

티볼트 뭐야, 뺄도 없는 병신들 사이에서 칼을 뽑아?

돌아서라, 벤볼리오. 네 죽음을 쳐다봐라.

벤볼리오 난 평화를 지키려 할 뿐이야. 칼을 거둬.

아니면 나와 함께 이들을 떼어놓든지.

티볼트 칼을 뽑아 들고 평화라고? 그 말이 난 미워.

지옥과 몬터규네 모두와 너만큼 밉다고.

간다, 이 겁쟁이야. (싸운다.)

관리와 함께 서너 명의 시민이 몽둥이와 창을 들고 등장.

시민들 몽둥이다. 창꾼들은 저놈들을 내리쳐라!

처부숴라, 캐풀렛이든 몬터규든 가리지 말고 처부

숴라!

잠옷 바람의 캐풀렛과 캐풀렛 부인 등장.

캐풀렛 이게 무슨 소리냐? 여봐라, 내 긴 칼을 가져

오너라!

캐풀렛 부인 지팡이, 지팡이를 가져오너라! 지팡이를 짚
으시는
분이 칼은 왜 찾아요?

캐풀렛 칼을 달란 말이오! 몬터규의 늙은이가 나와서
모욕적인 칼날을 휘두르고 있소이다.

몬터규 노인과 몬터규 부인 등장.

몬터규 캐풀렛 저 나쁜 놈! 잡지 말고 놓으시오.

몬터규 부인 싸우실 거라면 한 발짝도 못 나가요.

에스칼루스 영주, 시종들과 함께 등장.

영주 반역하는 신민들, 평화의 적들아.
이웃의 피로 너희 칼을 더럽히는 흉악한 자들아.
안 들리는가? 여봐라! 짐승 같은 인간들아!
너희의 혈관이 내뿜는 검붉은 피 분수로
너희의 사악한 분노의 불을 끄려 하는구나?

영주가 내리는 고문이 두렵거든 당장 피 묻은 그 손에서

잘못 벼린 무기를 땅 위에 내려놓고 내 말을 들어라.

너희들 캐퓰렛과 몬터규가 시작한 사소한

말싸움으로 발생한 세 번의 소동으로

거리의 고요가 세 번이나 깨어졌고

그 때문에 베로나의 나이 든 시민들은

품위 있고 격에 맞는 장신구를 내던지고

당신들의 병든 미움을 떼어놓기 위하여

평화에 물든 늙은 손에 낡은 창을 잡게 됐다.

다시 한 번 당신들이 나의 거리 뒤흔들면

평화를 파괴한 값 생명으로 치를 것이다.

자, 이제 모두 이 자리를 떠나라.

캐퓰렛 당신은 나와 함께 가야겠소.

그리고 몬터규 당신은 오늘 오후

옛 자유촌(셰익스피어가 이 작품을 쓸 때 참고했던 아서 부르크의『로미우스와 줄리엣의 비극적 이야기』에 나오는 지명)에 있는 영주의 공개 재판소로 오시오.

이 건으로 나의 뜻을 더 알려줄 것이니.

다시 말하지만 죽음이 두려우면 해산하라.

몬터규, 몬터규 부인, 벤볼리오만 남고 모두 퇴장.

몬터규 오래 묵은 이 분란을 누가 다시 터뜨렸나?

조카가 말해보게. 처음부터 그곳에 있었나?

벤볼리오 어르신과 어르신 적대자의 하인들이

제가 오기 전에 여기서 맞닥뜨려 싸웠는데

제가 칼을 뽑아서 떼어놓으려고 하는 순간,

불같은 티볼트가 준비된 칼을 들고

도전의 입김을 저에게 내뿜으며

자신의 머리 위쪽 허공을 획획 갈랐지만

까딱없는 바람에 코웃음을 쳤답니다.

저희 둘이서 치고받는 동안

점점 많이 몰려와 편을 갈라 싸우다가

영주께서 나타나 양편을 갈라놓으셨지요.

몬터규 부인 오, 로미오는 어디 있지? 오늘 걔를 보았나?

이 다툼에 안 끼어 천만다행이구나.

벤볼리오　숙모님, 오늘 아침 거룩한 태양이

　　동쪽 하늘 금빛 창문으로

　　얼굴을 내밀기 1시간 전쯤에

　　마음이 산란하여 산책하러 나간 저는

　　도시의 이편에서 서쪽으로 자라는

　　무화과나무의 관목 숲 아래에서

　　아침 일찍 산책하는 아드님을 봤습니다.

　　제가 그리로 갔지만 그는 저를 알아보고

　　숲속 깊은 곳으로 숨어버렸습니다.

　　가장 인적이 드문 곳을 계속 찾으면서

　　저 하나의 숫자도 너무 많아 지겨워하던

　　제 심장에 비추어 그 심장을 헤아려본 저는

　　그의 기분보다는 제 기분을 좇았고

　　달아난 친구를 기쁘게 피했지요.

몬터규 부인　로미오는 아침마다 그곳에 가는 듯하구나.

　　신성한 아침 이슬에 눈물을 더하고

　　구름에 구름을 더하듯 한숨을 더하는 모양이다.

　　하지만 만물에 생기를 불어넣는 태양이

가장 먼 동쪽에서 새벽 여신 침대의

검은 휘장을 걷어내던 바로 그때

침울한 내 아들은 빛을 피해 집으로 숨어들고

자기 방에 자기를 은밀히 가두면서

창문을 닫아걸고 밝은 햇빛 몰아내어

스스로 가짜 밤을 만들어낸다.

충고를 잘해서 그 원인을 제거하지 않으면

이 같은 기분은 불길한 결과를 낳을 것이야.

벤볼리오 숙부님은 그 원인을 알고 계시나요?

몬터규 알지도 캐내지도 못하고 있다네.

벤볼리오 이런저런 방법으로 캐물어보셨나요?

몬터규 나 말고도 다른 많은 친구가 그래 봤지.

하지만 그 애는 자기감정은 자기가 상담하며

얼마나 참된지는 모르나 자신에게 충실하고

자신의 비밀을 너무나 철저히 지켜서,

아름다운 꽃잎을 공중에 펼치거나

자신의 미색을 태양에 바치지도 못하고

심술궂은 벌레한테 깨물린 꽃눈처럼

떠보거나 밝히기가 너무나도 어렵다네.

이 슬픔의 출처를 찾을 수만 있다면

알려진 처방을 기꺼이 써볼 텐데.

로미오 등장.

벤볼리오 저기 오는군요. 잠시 물러나주십시오.

고민의 원인이 무엇인지 제가 한번 알아보겠습니다.

몬터규 조카가 여기 남아 솔직한 고백을

듣게 되면 참 좋겠네. 자, 부인 우리는 갑시다.

몬터규와 몬터규 부인 함께 퇴장.

벤볼리오 참 좋은 아침이다.

로미오 그렇게 이른가?

벤볼리오 막 아홉 시를 지났어.

로미오 아, 슬픈 시간은 길게 느껴져.

재빨리 사라진 건 아버지 아니셨나?

벤볼리오 음, 무슨 슬픔 때문에 시간이 길게 느껴졌지?

로미오 가지면 짧게 느껴지는 걸 못 가져서.

벤볼리오 사랑을?

로미오 못 얻어서…….

벤볼리오 사랑하는데도?

로미오 사랑하는데도 연인의 마음을 못 얻어서.

벤볼리오 아, 겉보기엔 그렇게도 부드러운 사랑(의인화된

사랑으로 큐피드를 가리킴)이

실제로는 그렇게 폭군처럼 거칠다니.

로미오 아, 언제나 눈가리개를 하는 사랑이

눈도 없이 마음대로 제 갈 길을 찾다니.

어디서 식사를 할까? 오! 웬 싸움이 여기서 있었나?

하지만 말하지 마. 다 들었으니까. 그것은

미움과도 관련이 많지만 사랑과는 더 관련이 깊어.

오, 그럼 싸우는 사랑이여! 사랑하는 마음이여!

오, 무(無)에서 처음으로 창조된 만물이여.

오, 무거운 경박함, 심각한 허영심.

잘생긴 형제들의 보기 흉한 혼돈이여!

납 깃털, 맑은 연기, 차가운 불, 병든 건강.

겉보기와 정반대인 뜬눈의 잠이여.

이런 사랑을 난 느껴. 느끼지도 못하면서.

웃음이 나지 않아?

벤볼리오   아니, 난 오히려 울고 싶어.

로미오   착하긴. 왜?

벤볼리오   착한 네 마음에 억눌려서.

로미오   그거야 사랑의 범법 행위 때문이지.

가슴속에 누워 있는 무거운 내 비탄을

네 비탄이 올라타고 누르니까 그것이

새끼를 치는 거지. 네가 보인 사랑은

안 그래도 너무 많은 내 비탄을 키워주었어.

사랑이란 한숨으로 만들어진 연기인데

정화되면 연인 눈에 반짝이는 불길이 되고

성질내면 사랑의 눈물을 먹고 자라는 바다가 되는 거야.

그 밖에 무엇이 있겠는가? 대단히 신중한 광기이고

숨 막히는 쓸개즙, 썩지 않는 감미로움이지.

잘 있게, 벤볼리오.

벤볼리오   잠깐만, 나도 함께 가야겠어.

　　날 이렇게 떠나는 건 부당한 대우야.

로미오   허, 난 나를 잃었어. 여기엔 없다고.

　　로미오는 어딘가 다른 곳에 가 있어.

벤볼리오   누굴 사랑하는지 진지하게 말해봐.

로미오   뭐라고, 신음하며 말하라고?

벤볼리오   신음? 아니야.

　　슬프게 그냥 말해. 누구야?

로미오   죽을병에 걸려 유서를 쓰는 환자에게

　　신음을 내지 말라는 식이군.

　　아픈 사람에게 너무하는군.

　　내가 사랑하는 사람은 한 여인이네.

벤볼리오   내가 추측했을 때 그 정도는 맞혔어.

로미오   넌 훌륭한 사수야! 애인은 아름답고.

벤볼리오   아름다운 과녁은 더 빨리 맞히잖아.

로미오   응, 그건 잘못 맞혔어. 큐피드의 화살로는

　　그녀를 못 맞혀. 디아나(순결의 여신)의 마음처럼

　　강력한 순결로 빈틈없이 무장해서

사랑의 치졸한 활(큐피드가 들고 다니는 작은 활) 따위엔

영향을 안 받아.

그녀는 사랑한다는 말 공략을 참지도,

마주치는 눈 공격을 견디지도 않으며

성자마저 유혹할 황금에도 무릎을 안 열어.

오, 그녀는 미모로는 부자지만 가난해.

죽을 때 그 풍요도 미와 함께 사라질 테니까.

벤볼리오 그럼, 순결하게 살겠다는 맹세라도 한 거야?

로미오 음, 그렇게 아껴서 막대하게 낭비하지.

그녀처럼 가혹하게 굶어 죽는 미모는

후손들의 모든 미모를 잘라내기 때문이야.

그녀는 너무 곱고, 똑똑하게 너무 고와.

나를 절망시키고도 더없는 행복을 누릴 자격이 있어.

그녀는 맹세코 사랑을 물리쳤고 그 때문에

난 지금 죽었는데 살아서 이렇게 푸념하네.

벤볼리오 내 충고를 따라 봐. 그런 여자 생각은 잊어버려.

로미오 오, 생각부터 어떻게 잊을 건지 가르쳐줘.

벤볼리오 네 눈에 자유를 부여하면 되는 거지.

다른 미인들을 살펴봐.

로미오   그렇게 해봤자

절묘한 그녀의 미를 더 곱씹게 할 뿐이야.

고운 숙녀의 이마에 입 맞추는 행복한 가면은

검기의 뒤에 감춰진 흰 살결을 떠올리지.

갑자기 실명한 사람은 잃어버린 보물을,

소중한 시력을 잊을 수 없는 거야.

빼어나게 아름다운 아가씨를 보여줘봐.

그 아가씨의 미모는 나의 그녀보다 누가

더 빼어난지를 알리는 주석밖에 더 되겠어?

잘 가. 넌 내게 잊는 법을 못 가르쳐줘.

벤볼리오   비법을 전수하지 못하면 난 빚을 지고 죽을

거야.

함께 퇴장.

1막 2장

캐풀렛, 파리스 백작, 광대, 하인 등장.

캐풀렛 몬터규 백작도 나와 같은 벌 받았소.

그리고 이제 우리 같은 늙은이가

평화롭게 지내는 일은 그리 어렵지 않을 것 같네.

파리스 두 분 다 신망이 높은 가문의 어른인데

이토록 오랫동안 반목하시다니 유감이죠.

그런데 어르신, 제 청혼에 대해서는 어떻게 생각하십니까?

캐풀렛 전에 했던 대답을 다시 할 수밖에.

우리 애는 아직도 세상이 낯설다네.

해가 바뀌는 걸 열네 번도 다 보지 못했어.

여름의 기세가 두 번만 더 꺾이면

신붓감이 될 만한지 생각해보겠네.

파리스 더 어린 나이에 행복한 어머니가 된 분도 있습니다.

캐풀렛 너무 빨리 됐다가는 너무 일찍 늙는 법이네.

그 애 말고 내 희망은 땅속에 다 묻혔고

그 애만이 내 땅의 희망을 품은 처녀라네.

하지만 파리스 군, 그 애에게 직접 구애해보시오.

그 애의 허락에서 내 뜻은 일부일 뿐이고

그 애가 선택하면 그 선택의 범위 안에

내 허락, 고운 화답 모두 다 들어 있을 거네.

오늘 저녁 관습에 따라 옛 축제를 여는데,

난 내가 아끼는 많은 분을 초대했고

자네도 최고로 환영받는 인물 중 하나로서

늘어나는 내 손님 중 포함되네.

어두운 하늘을 밝히면서 땅을 밟는 별들을

누추한 내 집에서 오늘 밤 바라보게.

절름발이 겨울 뒤를 성장한 4월이

바싹 따라왔을 때 활기찬 청년이 느끼는

바로 그런 기쁨을, 오늘 밤 내 집에서

신선한 회향의 꽃봉오리로

얻을 수 있을 거네. 다 보고 다 들은 뒤

최고의 규수를 많이 좋아해주게.

여럿을 보고 나면 내 딸은 하나로서

머릿수를 채울 뿐 손에 꼽힐 정도는 아니겠지.

자, 그럼 같이 가세.

(하인에게 쪽지를 주며) 여봐라, 베로나 거리를

부지런히 걸어서 거기에 이름 적힌

사람들을 찾아내어 전하라,

내 집안과 환영이 기다리고 있노라고.

캐퓰렛과 파리스 함께 퇴장.

하인　여기에 적힌 사람들을 찾아내라! 이건 마치 구두
장이에겐 자를, 양복장이에겐 구두 틀을, 고기잡이에
겐 붓을, 그림쟁이에겐 그물을 주고 일하라는 것과 같

지 뭐야. 그런데도 나더러 여기에 이름이 적힌 사람들을 찾으라는데, 적힌 사람이…… 이것 참, 이름을 읽을 수 있어야 찾지. 배운 사람한테 가야지 별수 없군. 때마침 잘됐다.

벤볼리오와 로미오 등장.

벤볼리오 이보게, 불은 또 다른 불을 끄는 법이네.
큰 통증에 작은 아픔은 줄어드는 거라고
한쪽으로 돌다가 어지러우면 거꾸로 돌아서 바로잡아
불치의 슬픔도 다른 슬픔이 약해질 때 치유돼.
자네 눈이 새로운 열병에 걸려봐. 그러면
옛것의 고약한 독은 없어지게 될 거야.

로미오 그 병엔 질경이 잎사귀가 아주 좋지.

벤볼리오 어디에 좋다고?

로미오 무릎에 난 상처 말일세.

벤볼리오 로미오, 너 미쳤어?

로미오 아니. 하지만 미치광이처럼 꽁꽁 묶여 있다네.

감옥에 갇혀 있고 음식도 못 먹으며

매질을 당하고 고문받고 있어. (하인을 발견하고) 아, 안

녕하신가?

하인 좋은 오후 되십시오. 나리, 혹시 글을 읽을 줄 아시

는지?

로미오 읽을 수 있지.

비참한 내 신세의 앞날도 읽을 수 있고.

하인 그거야 아마 외우신 거겠죠. 하지만 저, 보이는 건

뭐든지 읽을 줄 아시는지?

로미오 암, 말과 글자를 안다면야.

하인 정직한 말씀이네요. 안녕히 계십쇼.

로미오 이봐, 멈춰. 읽을 줄 알아.

(편지를 읽는다.) 마르티노 어른과 부인 및 따님들.

안젤른 백작과 아름다운 자매들, 유투루비오의 미망인.

플라센쇼 어른과 사랑스러운 질녀들. 머큐시오와

그의 형 발렌타인. 캐풀렛 숙부님과 부인 및 따님들.

내 고운 질녀인 로잘린과 리비아. 발렌쇼 어른과

그의 사촌 티볼트. 루시오와 발랄한 헬레나.

아름다운 모임이군. 이분들이 어디로 가시는가?

하인 집으로요.

로미오 어느 집으로?

하인 우리 집으로요.

로미오 누구네 집인데?

하인 주인님 댁이죠.

로미오 그래. 진작 그걸 먼저 물었어야 하는 건데.

하인 이젠 묻지 않아도 가르쳐드리죠. 제 주인님은
　큰 부자인 캐퓰렛 나리이신데, 당신이 몬터규네 사람이
　아니라면 와서 포도주나 한잔 걸치시죠.
　안녕히 계십시오. (퇴장한다.)

벤볼리오 캐퓰렛 가문의 오래된 축제에
　그렇게도 사랑하는 네 고운 로잘린이
　베로나의 감탄할 미녀들과 만찬을 같이하겠네.
　거기로 간 다음, 맑은 눈으로
　내가 보여줄 몇 사람과 그녀의 얼굴을 비교해봐.
　네가 백조라고 본 것이 까마귀로 보일 테니.

로미오 내 눈에 담겨 있는 독실한 신앙심이

그런 거짓을 믿는다면 눈물은 불꽃으로 변할 걸세.

여러 번 빠져도 절대로 익사하지 않는 이것들,

투명한 이단자는 이단자로 몰아 타 죽여도 좋네!

그녀는 그 무엇보다 예뻐! 태양보다도!

그녀에게 필적할 여자는 태초 이래 못 봤어.

벤볼리오 참, 아무도 없으니 예쁘다고 본 거지,

양쪽 눈에 똑같은 여자를 올려놓고.

하지만 그 수정 접시에 담도록 축제에서 빛나는

또 하나의 처녀를 보여줄 테니

그녀를 향한 네 사랑과 비교하며 달아봐.

그러면 최고 같은 그녀도 별것 아닐 테니.

로미오 함께 가지. 하지만 그런 장면을 보려는 게 아니라

내 그녀의 아름다움을 즐기기 위해서라네.

함께 퇴장.

1막 3장

캐풀렛 부인과 유모 등장.

캐풀렛 부인 유모, 딸애는 어디에 있지? 이리 좀 불러주게.

유모 쉰네의 열두 살 적 처녀성을 걸고 맹세컨대 아가씨
께 이미

오시라 했는데요. 아, 순한 양. 아, 꾀꼬리!

아이고, 나 좀 봐! 아가씨 어디 갔지? 아, 줄리엣 아가씨!

줄리엣 등장.

줄리엣 무슨 일이에요? 누가 부르시나요?

유모 마님께서요.

줄리엣 어머니, 저 왔어요.

　왜 부르셨어요?

캐퓰렛 부인 사정을 들어봐. 유모는 잠시만 나가 있게.

　우리끼리 할 얘기가 있으니까. 아니야, 그대로 있게.

　생각해보니 우리의 의논을 유모도 듣는 게 좋겠어.

　딸애의 나이가 꽤 든 건 자네도 알고 있지.

유모 아가씨 나이라면, 시간까지도 맞출 수 있는걸요.

캐퓰렛 부인 아직 만 열네 살이 안 됐지.

유모 제 치아 열네 개를 걸고 맹세하지요.

　(방백) 그런데 슬프게도 넷밖에 안 남아서

　열넷은 아니에요.

　수확제(8월 1일에 열리는 축제)까지 얼마나 남았더라.

캐퓰렛 부인 열나흘쯤 남았을 거야.

유모 어느 정도이든 한 해의 모든 날 가운데

　수확제 저녁이 지나야 열넷이 될 거예요.

　제 딸 수잔과 아가씨 신자들의 명복을!

같은 나이였는데, 수잔은 하느님이 보우하사
하느님께 먼저 갔지요.

분에 넘쳤지요. 하지만 말씀드렸다시피 아가씨는
수확제 저녁이면 열넷이 된답니다.

암요. 그렇게 되지요. 똑똑히 기억나요.

올해로 지진(1580년 4월 6일 영국에서 있었던 실제 지진을
가리키는지는 정확히 알 수 없음)이 난 지 11년이 되었고

아가씨가 젖을 뗀 건 (방백) 그건 절대 못 잊어요.

한 해의 모든 날 중에서 그날이었으니까.

그때 전 젖꼭지에 쓴 쑥물을 바르고

양지바른 곳에서 햇볕을 쬐고 있었어요.

주인님과 마님께서는 만투아에 계셨고

제 머리도 괜찮죠. 하지만 말씀드렸다시피

고것이 제 젖꼭지 쑥물을 맛보고는

쓰다는 걸 느끼고, 고 어린 예쁜 것이

아리단 걸 알고서는 제 젖통을 떠밀었죠.

어이쿠! 비둘기집이 다 흔들렸어요. 그래서

도망가라는 말을 들을 것도 없이 빠져나왔어요.

그리고 그 뒤로 11년이 지났는데

그때 딸애는 혼자 설 수 있었으니까요.

정말 뒤뚱대며 주위를 뛰놀 수 있었어요.

그 전날에 아가씨가 이마를 깼는데

그때 우리 영감이 (방백) 하느님, 그이를 보살펴 주소서!

유쾌한 사람이었어요.

그이가 아기를 번쩍 안아 일으키며

"그래, 얼굴을 처박고 넘어졌단 말이지?

좀만 더 피가 나면 뒤쪽으로 넘어질걸.

안 그래, 줄리엣 아가씨?" 했으니까요. 그런데 거참

고 예쁜 게 울음을 뚝 멈추고 "응." 그랬어요.

이제 그 농담이 진짜가 될 판이네!

장담컨대 이 몸이 천 년을 산다 해도

그건 절대 못 잊어요. "그렇지요. 줄리엣 아가씨?"

했는데 고 예쁜 게 뚝 그치고 "응." 그랬어요.

캐플렛 부인 그 얘기는 됐으니 제발 입 좀 다물게.

유모 네, 마님. 하지만 고것이 웃음을 뚝 그치고

"응." 하고 답한 걸 생각하면 웃을 수밖에 없어요.

장담컨대 또 어느 날은 고것의 이마 위에

어린 수탉 불알만 한 혹이 생길 만큼

위험하게 부딪혔죠. 괴롭게 울었어요.

제 남편이 "그래, 얼굴을 처박고 넘어져?

앞으로 나이차면 뒤쪽으로 넘어질걸.

안 그래, 줄?" 했는데 뚝 그치고 "응." 답했어요.

캐풀렛 부인 유모도 뚝 멈춰. 제발 좀 그만하게.

유모 네, 끝났어요. 아가씨께 하느님의 은총을!

제가 기른 아기 중에 최고로 예뻤는데.

아가씨가 결혼하는 걸 살아서 본다면

소원이 없겠어요.

캐풀렛 부인 맞아. '결혼'이 내가 말하려던

바로 그 주제야. 줄리엣, 얘기해보렴.

결혼에 대한 네 생각은 어떠니?

줄리엣 그건 제가 꿈꾸지 않았던 영예예요.

유모 영예지요! (방백) 나 혼자만 아니었더라도

내 젖 먹고 똑똑해졌다고 말할 텐데.

캐풀렛 부인 이제는 생각해보거라. 너보다 어린데도

여기 이곳 베로나의 지체 높은 숙녀들이

이미 어머니가 되었단다. 내 계산으로는

지금 네 나이 즈음에

나도 널 낳았단다. 짤막하게 얘기하마.

용감하기로 유명한 파리스 백작이

너를 아내로 삼고 싶어 하신단다.

유모 남자예요, 아가씨! 아가씨, 온 세상이

그런 남자……, 아! 그분은 밀랍인형처럼 미모가 완벽

해요.

캐풀렛 부인 베로나의 여름에도 그런 꽃은 없단다.

유모 네, 그분은 꽃이에요. 정말로 꽃이에요.

캐풀렛 부인 그래, 네 생각은 어떠니?

이 신사를 사랑할 수 있겠니?

오늘 저녁 연회에서 그를 보게 될 거란다.

파리스의 젊은 얼굴을 책을 읽듯이 꼼꼼히 살펴보렴.

조화롭게 연결된 모든 특징을 살펴보고

그것들이 어떻게 어우러지는지

눈가에 적혀 있을 테니 찾아보아라.

이 귀중한 사랑의 책을, 제본 안 된

그것을 아름답게 꾸며줄 표지만 없단다.

물고기가 물을 만난 것처럼 미남은 미녀를

품속에 안고 이를 아주 자랑스러워하지.

금빛 걸쇠 안쪽에 금빛 이야기를 담은 책은

수많은 사람과 그 영광을 나눈단다.

너 또한 그의 모든 재산을 그렇게 나눌 거야.

그를 소유함으로써 작아지지 않으면서 말이야.

유모 작아지기는커녕! 오히려 커지죠.

여자는 남자로 인해 커진답니다.

캐퓰렛 부인 짧게 말해보려무나. 파리스 백작을 좋아할

수 있겠니?

줄리엣 마음에 드는 점이 보인다면 그렇게 해보지요.

하지만 어머니 마음에 드시는 데까지만이에요.

그 이상은 시선을 보내지 않겠어요.

하인 등장.

하인 마님, 손님들이 오셨습니다. 저녁상은 올렸고 마님을

찾으십니다. 아가씨를 찾으시는 분도 계시고요. 주방에선 유모를

흉보고, 온통 야단법석입니다. 전 시중들러

가야 하니 어서 저를 따라와주십시오.

캐풀렛 부인 곧 따르마. (하인 퇴장) 줄리엣, 백작이 기다리신다.

유모 아가씨, 행복한 낮에 이어 행복한 밤 맞으세요.

1막 4장

로미오, 머큐시오, 벤볼리오,
대여섯 명의 가장무도회 참가자, 횃불잡이 등 함께 등장.

벤볼리오 뭐라고? 변명 삼아 소개말을 할 거야?
아니면 해명 없이 앞으로 나갈 거야?

머큐시오 장황하게 설명하던 시대는 끝났어.
우리는 수건으로 눈 가린 큐피드처럼
물감칠한 타타르 졸대 활(타타르족이 들고 다니는 짧고 굵
은 활로 큐피드의 활과 모양이 비슷함)로 숙녀들을

허수아비가 참새 쫓듯이 겁주지도 않을 거고

입장하기 위해 외워온 서문을

프롬프터 따라서 맥없이 읊지도 않을 거야.

자기네들 마음대로 박자를 정하면

박자 맞춰 한 박자 밟아주고 나올 거야.

로미오　횃불을 이리 줘. 난 그건 못하겠어.

마음이 무거우니 불이나 밝힐 거야.

머큐시오　아니야, 로미오. 넌 춤을 춰야 해.

로미오　정말이지 난 싫다네. 마음이 가벼운 넌

춤추기 쉬운 신을 신었지만, 마음이 납덩이 같은 난

신이 땅 위에 붙어 꼼짝 못 하겠어.

머큐시오　넌 연인이잖아, 큐피드의 날개를 빌려

보통 사람의 한계를 넘어 날아올라 보라고.

로미오　큐피드의 가벼운 깃털로 날아오르기에는

내 몸에 그의 화살이 너무 깊이 박혀 있어.

맥 빠진 비탄의 한계를 넘지 못하는 게 내 한계야.

무거운 사랑의 짐 때문에 내려앉았으니까.

머큐시오　네가 내려앉으면 사랑에게는 짐이 될 텐데…….

부드러운 것에게는 너무 큰 압박이지.

로미오 사랑이 부드러운 것이라고? 거칠기만 하네.

난폭하고 시끄럽고 가시처럼 찌르는데.

머큐시오 사랑이 거칠게 굴거든 자네도 거칠게 맞서봐.

찌를 때 되받아 찌르면 사랑은 풀이 죽어.

내 얼굴 가려줄 탈 하나 이리 줘봐.

못생긴 얼굴에 가리개라! 찌그러진 내 얼굴을

호기심에 찬 눈들이 뜯어보면 어때서?

이 송충이 눈썹이 대신 수줍어해줄 거야.

벤볼리오 자, 어서 노크하고 들어가세. 그리고

우리 모두 춤을 배워야 해.

로미오 나는 횃불을 들 거야. 마음 들뜬 난봉꾼은

무감각한 골풀(엘리자베스 시대에는 실내 바닥에 골풀이

깔려 있었음)이나 뒤꿈치로 문질러봐.

노름판은 촛불 든 사람이 가장 잘 본다는

옛 선조의 속담이 내 처지에 맞으니까.

끗발이 최고일 때 나는 일어설 거야.

머큐시오 어, 동작 그만! 순경 나리, 가만히 있는 건

암살자들이나 하는 거고

일어설 거라면 우리가 빼내주지,

네가 지금 머리까지 처박힌, 그 냄새 나는

사랑의 늪에서 말이야. 자, 태양이 타고 있어.

로미오   어, 지금은 밤인데······.

머큐시오   내 말은, 지체하면

대낮에 켜놓은 불빛처럼 햇불만 허비한다는 뜻이야.

좋은 뜻으로 새겨들어. 그 속엔 오감보다

다섯 배나 더 많은 이치가 들어 있으니까.

로미오   이 가장무도회에 가는 뜻은 좋으나

이치엔 맞지 않아.

머큐시오   왜 그런지 물어봐도 될까?

로미오   간밤에 꿈을 꿨어.

머큐시오   그야, 나도 그랬지.

로미오   무슨 꿈을 꿨는데?

머큐시오   거의 개꿈이었지.

로미오   잠자면서 때로는 맞는 꿈도 꾸는데.

머큐시오   아, 그렇다면 맵 여왕(셰익스피어가 만들어낸 허구의 인물)이 나타났던 모양이군.

그녀는 환상을 꿈속에서 실현하는 산파 요정인데,

시의원의 집게손가락 위의 마노보다

크지 않은 정도의 몸집을 하고서

눈곱만 한 짐승들이 이끄는 마차 타고

잠자는 사람들의 코 위를 지나가지.

그녀의 마차는 속이 텅 빈 개암인데,

잊힌 옛적부터 요정의 탈것을 제작한

가구장이 다람쥐나 땅벌레가 만들었어.

그 탈것의 바큇살은 긴 거미 다리이고

덮개는 잠자리 날개로 돼 있으며

그녀의 봇줄은 가장 작은 거미줄이지.

말목 띠는 물 머금은 달빛으로 빚어졌고

채찍은 귀뚜라미 뼈이며 그 끈은 가는 실이야.

마부는 회색빛 외투 입은 날벌레인데

게으른 처녀의 손가락 밑에서 끄집어낸

조그마한 둥근 벌레 반만큼도 크지 않아.

이 상태로 그녀가 밤마다 질주할 때 닿는 곳이

연인들의 머릿속이면 그들은 사랑을 꿈꾸고,

궁정인 무릎 위면 그들은 넙죽 절하는 꿈을 꾸고,

변호사 손 위면 그들은 수임료를 받는 꿈을 꾸고,

숙녀 입술 위면 그들은 곧 키스를 받는 꿈을 꿔.

그 입에서는 달콤한 과자 냄새가 풍겨.

화난 여왕이 거길 물집으로 자주 괴롭히지.

때로 그녀가 궁정인의 코 위를 질주하면

그는 청원한 건의 냄새를 맡는 꿈을 꾸고

때로 십일조 돼지의 꼬리를 들고 와서

잠자는 교구 목사 코끝을 간질이면

그는 또 하나의 성직을 꿈꾸게 되지.

때로 그녀가 군인의 목 위를 지나가면

그는 외적 모가지를 여러 개 자르거나

돌파구, 잠복, 스페인제 검(스페인 톨레도에서 제조된 검
은 유럽 전역에 이름을 떨쳤음),

폭탄주의 꿈을 꾸지. 곧이어 그의 귀에

북을 둥둥 울려주면 깜짝 놀라 깨어나서

잔뜩 겁먹은 채 잠시 기도드린 다음

다시 잠에 빠진다네. 바로 이 여왕 요정이

말들의 갈기를 한밤중에 엮어놓고

더러운 년의 머리카락을 헝클어놓는데

그걸 일단 풀게 되면 큰 불행이 닥치지.

바로 이 요괴가 잠자는 처녀들을 짓누르고

무게를 견디는 법을 처음으로 가르쳐서

몸가짐이 훌륭한 여인이 될 수 있게 하지.

그것도 바로 이 여왕의 장난이라네. 이 여왕이……

로미오　잠깐, 잠깐. 머큐시오, 잠깐만!

네 이야기는 헛소리야.

머큐시오　맞아, 꿈 이야기를 한 거니까.

꿈이란 건 두뇌의 허황한 산물로

공허한 환상이지.

그 환상은 공기처럼 속이 텅 비었으며

변덕스러운 바람보다 더 변덕스러워서,

당장은 얼어붙은 북쪽 나라를 좋아하지만

화가 나면 거기에서 휙 하고 방향을 바꿔

이슬비 내리는 남쪽으로 날아가니 말이야.

벤볼리오 그 바람에 우리는 먼 곳으로 날아가버렸네.

  너무 늦게 도착해서 저녁 식사는 끝났을 테지.

로미오 난 벌써 너무 겁이 나. 내 마음은

  아직 별들에 달려 있는 그 어떤 결말의

  두려운 기일(期日)이 오늘 밤 축연에서

  비참하게 시작되고, 내 가슴에 갇혀 있는

  멸시받은 생명이 때 이른 죽음으로

  천하게 끝나지는 않을까 불안해.

  하지만 내 항로를 조종하는 그분(하느님)께서

  방향을 결정하라. 자, 활기차게 앞으로!

벤볼리오 북을 울려라!

  모두 무대 위를 이리저리 행진하다가 한쪽에 섬.

1막 5장

하인들이 식탁보를 들고 앞으로 나오며 등장.

하인 1 팟팬놈은 어디 갔나? 나르는 일 도와주지 않고!
  나무 접시를 치우지도 닦지도 않고!

하인 2 손님 접대를 한두 명이 해야 하는데, 그 일을
  씻지도 않은 더러운 손으로 해서는 안 돼.

하인 1 의자를 가져가. 선반 좀 치우고. 은그릇을 조심해.
  이보게, 사탕과자 한 조각만 남겨줘. 그리고
  내가 밉지 않으면 문지기한테 말해서
  수잔 그라인드스톤과 넬을 들여보내줘. (하인 2 퇴장) 안

토니, 팟팬!

안토니와 팟팬 등장.

안토니 아 그래, 여기 있어.

하인 1 큰방에서 널 찾고 부르고 물어보고 수소문하고
있어.

팟팬 우리가 여기저기 다 있을 수는 없잖아.

자, 모두 힘내. 기운들 차리라고. 죽으면 다 헛일이다.

함께 퇴장.

캐퓰렛, 캐퓰렛 부인, 줄리엣, 티볼트, 유모, 하인들,

모든 손님과 귀부인 등 가장무도회 참가자 등장.

캐퓰렛 신사분들 잘 오셨소! 발가락이 부르트지 않은 숙
녀들이라면

여러분과 춤을 출 겁니다.

자, 우리 아가씨들, 춤추지 않을 사람,

이 중에 있어요? 까다롭게 구는 숙녀는

발이 부르텄다고 여길 겁니다. 정곡을 찔렀지요?

어서들 오십시오. 이 몸도 한때는 가면을 쓰고

고운 숙녀의 귓가에 즐거운 이야기를

속삭일 수 있었는데, 다 지나갔어요.

잘 오셨소, 신사분들. 악사들은 연주하게. (곡이 연주되

고 춤이 시작된다.)

자, 춤출 공간을 만들고! 아가씨들은 나와봐요!

여봐라, 불을 좀 더 밝히고 이 탁자들은 치우게.

거기, 불 좀 죽이고. 방이 너무 더워졌어.

이보게, 예상하지 못한 손님들이 와주었어.

아니, 앉게. 어서 앉으라고, 캐풀렛 동생.

자네와 난 춤출 나이가 지나버렸잖나.

우리 둘이 가장무도회에 참석한 지

얼마나 되었지?

캐풀렛 사촌 그거참, 30년 전이네요.

캐풀렛 뭐? 그렇게 오래되었을 리가.

오순절(부활절 후 일곱 번째 일요일에 열리는 축제)이 제아

무리 빨리 다가온대도

루센시오 혼례 이래로 25년 만이야.

그때 우리가 가면 쓰고 춤을 췄어.

케풀렛 사촌   더 됐어요. 그 아들의 나이가 얼만데요.

서른이랍니다.

캐풀렛   벌써 그렇단 말인가?

2년 전엔 그 애가 미성년이었는데.

로미오   저기 저 기사 손의 값어치를 높여주는

숙녀는 누구지?

하인   모르겠습니다.

로미오   오, 햇불보다 더 밝게 빛나는 아가씨다.

마치 에티오피아 여인의 귓밥 위 값비싼 보석처럼

한밤에 반짝이는 별빛 같구나.

땅 위에 있기에는 너무 귀한 아름다움!

까마귀 무리 속 새하얀 비둘기가

또래 아가씨들 속 저 숙녀구나.

무도곡이 끝났을 때 서 있는 곳 지켜보고

그녀 손을 만지면 거친 내 손은 축복받으리.

내가 사랑했던가? 시각이여, 부인하라.

진정한 아름다움을 이 밤에야 봤으니까.

티볼트　목소리를 들어보니 몬터규 집안 놈이 틀림없다.

야, 내 단검 가져와. 어떻게 감히 저놈이

가면을 쓰고 이곳에 나타나

우리의 축하연을 깔보면서 조롱하지?

가문의 명예를 걸고 이놈을 쳐 죽이겠다.

캐퓰렛　아니, 티볼트. 왜 그러나? 왜 그렇게 격분했어?

티볼트　어르신, 이자는 몬터규 사람, 즉 우리의 적입

니다.

놈이 악심을 품고 이곳에 나타나

오늘 밤 축하연을 비웃는 겁니다.

캐퓰렛　로미오 청년 말인가?

티볼트　네. 로미오 놈입니다.

캐퓰렛　진정해라, 조카야. 내버려 두어라.

예의 바른 신사처럼 행동하고 있지 않으냐.

그리고 사실은 베로나 사람들이 그 애를 두고

선량하고 행실 바른 젊은이라며 칭찬이 자자하더구나.

아, 도시의 모든 재물 다 준대도

바로 여기 내 집에서 저이를 해치고 싶지는 않다.

그러니 참아라. 신경 쓰지 마라.

이건 내 뜻이야. 네가 이를 존중한다면

고운 태도를 보이고 찌푸린 상은 치워라.

축제에는 그런 표정이 어울리지 않으니.

티볼트 저런 놈이 손님인 척하고 와 있으니

못 봐주겠습니다.

캐퓰렛 뭐? 못 봐주겠다고?

후레자식 같으니! 내가 봐줘야 한댔지, 허!

누가 여기 주인이냐, 너냐, 나냐? 그거참!

하느님 맙소사.

손님들 사이에서 폭동을 일으키겠다고?

난장판 벌여놓고 혼자 으스대겠다고?

티볼트 아니, 삼촌, 진정하세요, 창피해요.

캐퓰렛 허, 그거참.

건방진 애로구나. 정말로 그러냐?

장난치면 다칠 거야. 빈말이 아니라고.

거역한다, 이거지! 제기랄, 이럴 땐……. (큰소리로) 좋

습니다, 여러분!

뻔뻔스러운 놈 같으니. 조용히 해. 안 그러면

불을 더 밝게 할 테니까! 창피해서

입 다물게 해주마! (큰소리로) 여러분, 즐겁게!

티볼트　강요된 인내심과 외고집 울화통이 만나니

서로 다른 인사말에 살이 다 떨린다.

난 물러나겠다만 이번 침입 사건은

당장은 달콤하게 즐길 수 있겠지만 곧

쓰디쓴 맛을 보게 될 것이다. (퇴장한다.)

로미오　(줄리엣에게) 너무나 가치 없는 이 손으로 제가

만일

이 성전을 더럽히면, 제 입술은 곧바로

얼굴 붉힌 두 순례자처럼 부드러운 키스로

거친 접촉 지우려는 고상한 죄를 짓겠지요.

줄리엣　순례자님, 경건함을 이렇게 공손하게

보여주는 그 손에 너무 잘못하십니다.

성자상도 순례자가 만져보는 손이 있고

맞붙인 두 손은 순례자의 키스인데.

로미오 성자상도 순례자도 입술은 있잖아요.

줄리엣 예, 순례자님. 기도에 써야 하는 입술이지요.

로미오 그렇다면 성자여, 입술로 손의 일을 합시다.

기도를 허락해요. 믿음이 절망이 되지 않도록.

줄리엣 성자상은 기도는 허락하지만 움직이지는 못해요.

로미오 그렇다면 기도하는 동안 움직이지 말아요. (그녀

에게 키스한다.)

이렇게 내 죄는 그대의 입술로 씻겼소.

줄리엣 그렇다면 내 입술로 죄가 옮겨왔군요.

로미오 내 입술에서요? 오, 달콤한 죄를 범하고 싶네요.

내 죄를 돌려줘요. (그녀에게 다시 키스한다.)

줄리엣 키스를 배웠군요.

유모 아가씨, 어머니가 꼭 하실 말씀이 있답니다.

로미오 어머니가 누군가요?

유모 어머나, 젊은이.

아가씨의 어머니는 이 집의 안주인이시고

훌륭하신 부인이며 똑똑하고 정숙해요.

당신과 말을 나눈 따님을 이 몸이 키웠는데

정말이지 그녀를 손에 넣는 남자는

분명 복받으실 거예요.

로미오 그녀가 캐풀렛?

오, 가혹한 벌이다! 적에게 생명을 빚지다니.

벤볼리오 자, 떠나자. 놀이가 절정에 이르렀어.

로미오 그런 것 같아서 내 불안은 더 커졌어.

캐풀렛 아니, 여러분, 가기엔 아직 이르다오.

보잘것없지만 다과를 내오려 합니다. (참석자들이 그의

귀에 속삭인다.)

그렇소? 그렇단 말이지요. 그럼 모두 고맙소.

훌륭한 신사분들, 잘 가시오.

횃불을 더 가져와라! 자, 그럼 자러 가자.

(캐풀렛 사촌에게) 이보게, 참말이지, 밤이 많이 늦었어.

난 가서 쉬려네.

줄리엣과 유모만 남고 함께 퇴장.

줄리엣 아, 유모. 이리 와봐. 저 신사는 누구지?

유모 티베리오 노인의 아들이며 상속인요.

줄리엣 지금 문을 나서는 저 사람은 누구고?

유모 음, 저건 페트루키오의 아드님 같은데요.

줄리엣 여기까지 따라와 춤을 안 춘 저 사람은?

유모 몰라요.

줄리엣 가서 이름을 물어봐. 그가 만일 기혼이면

　　무덤이 내 신혼 방이 될 것 같아.

유모 이름은 로미오고 몬터규네 사람이며

　　원수 집안의 외동아들이래요.

줄리엣 유일한 내 마음이 유일한 내 사랑을 낳다니!

　　모르고 너무 일찍 만났고, 알고 나니 너무 늦다!

　　혐오스러운 원수를 사랑해야 한다니

　　나에게 이 사랑은 불길한 탄생이다.

유모 그게 무슨 소리예요?

줄리엣 같이 춤춘 사람에게

　　방금 배운 시 한 수야. (안에서 누가 "줄리엣." 하고 부른다.)

유모 곧 갑니다. 곧 가요.

자, 가요. 손님들도 다 가셨으니.

함께 퇴장.

제2막

해설자 등장.

해설자 옛 욕망은 바야흐로 죽음을 맞이하고
　　자라나는 애정이 뒤를 잇기를 갈망하며
　　신음에다 죽음까지 바치려던 미녀는
　　온화한 줄리엣에 비하니 미녀가 아니라네.
　　매력적인 용모에 서로가 현혹되어
　　이제야 로미오는 사랑받고 또 사랑하지만
　　추정된 적에게 그는 한탄해야 하고 그녀도
　　무서운 낚시에서 달콤한 사랑 미끼 훔쳐가네.

그는 원수의 신분이라 그녀에게 접근하여
뭇 연인처럼 언약을 맹세할 수 없었으며
사랑은 똑같으나 수단은 훨씬 적은 그녀 또한
새로운 님을 만나볼 곳 아무 데도 없었다네.
그렇지만 열정과 시간은 극도의 기쁨으로
극한 상황을 완화하며 만날 힘과 사랑을 나눕니다.

　　　　퇴장.

2막 1장

로미오 홀로 등장.

로미오   내 마음은 여기 두었는데 어디로 갈 수 있을까?
　　돌아가자, 돌아서서 네 생명의 중심을 찾아봐. (무대 뒤로
　　물러난다.)

벤볼리오, 머큐시오 함께 등장.

벤볼리오   로미오! 내 사촌 로미오!
머큐시오   영리한 친구니까

벌써 집에 가서 다리 뻗고 자고 있을걸.

벤볼리오 이쪽으로 뛰어가서 정원 담을 넘었어.

불러봐, 머큐시오.

머큐시오 그냥 부르지 말고 주문을 외워야겠어.

로미오! 변덕쟁이! 미치광이! 열정! 사랑에 빠진 놈!

한숨짓는 모습으로 나타날 거야.

사랑 노래 한 소절이라도 불러줘. 그래야

우리가 안심할 게 아닌가.

"아, 이런!" 하고 한마디 하든지 "너랑", "사랑" 하고 발

음해봐.

수다쟁이 비너스에게 상냥한 말, 한번 해봐.

앞 못 보는 그녀의 아들 아브라함 큐피드 소년.

걔 별명도 불러봐. 거지 처녀를 사랑했던

코피투아 임금님(『코피투아 임금님과 거지 처녀』라는 오래

된 발라드 내용)을 멋지게 쏴 맞혔잖아.

들리지 않나 보군. 기척이나 미동조차 없구면.

원숭이가 죽은 체하니 마법을 걸어야지.

로잘린의 총명한 눈으로 마법을 걸겠다.

그녀의 드높은 이마와 붉은 입술,

멋진 발, 곧은 다리, 떨리는 허벅지 그리고

그 근처에 자리 잡은 사유지로 명하노니

너와 닮은 원래의 모습으로 우리에게 나타나라.

벤볼리오 로미오가 만약 네 말을 듣는다면 화낼 텐데.

머큐시오 이 정도로는 화 안 내. 화내게 하고 싶으면

애인의 마법의 원(마술사가 땅 위에 그리는 원과 애인의 성

기라는 두 가지 뜻이 있음) 속에서 성질이 괴팍한

악마 한 놈을 불러일으키고 그녀가 그놈을

죽게 만들 때까지 서 있어야 할 거야.

그렇게 하면 좀 화를 내겠지. 내 주문은

공평하고 정직해. 그의 애인 이름으로

마법을 걸어 그를 일으키는 것뿐이야.

벤볼리오 가세. 로미오는 이 숲에 몸을 숨기고

밤이슬로 촉촉이 젖고 싶은 모양이니.

눈먼 그의 사랑에는 어둠이 최고야.

머큐시오 사랑에 눈이 멀면 사랑의 화살은

과녁을 맞히지 못하잖나? 지금쯤

그는 모과나무 아래에 앉아

처녀가 혼자서 웃으며 모과라고 부르는

그 과일이 자기의 애인이길 바랄 거야.

오, 로미오. 그녀는 오, 그녀는 거시기

구멍 난 모과이고 너는 긴 배였으면!

잘 자라. 로미오. 나는 간이침대로 갈 거야.

이 야외 침대는 잠자기에는 너무 추워.

자, 가볼까?

벤볼리오　가자, 작정하고 숨은 사람을

찾는 건 쓸데없는 일이니까.

　　　　벤볼리오, 머큐시오 함께 퇴장.

2막 2장

로미오, 앞으로 걸어서 등장.

로미오 상처의 아픔을 모르는 자가 남의 상처를 비웃지.

줄리엣, 위쪽 창문에서 등장.

로미오 잠깐만, 저기 저 창문에서 쏟아지는 빛은 뭐지?
  동쪽이군, 그렇다면 줄리엣은 태양이다.
  아름다운 태양이여, 솟아올라 시기하는 저 달을
  죽여다오. 달의 시녀인 그대가 주인보다

훨씬 더 아름다워 저 달이 시름에 잠겨 창백해진 거요.

더는 달의 시녀가 되지 말아요. 달은 시샘하니,

달의 시녀는 옷 색깔이 푸르른 병색이요.

바보만 그런 옷을 입는다오. 어서 벗어버려요.

당신은 나의 님, 나의 사랑!

오, 이 마음을 그대가 알아주었으면!

입을 여네. 아무 말도 없구나. 무슨 상관이지?

눈으로 대화하니 거기에 답할 거야.

내가 너무 대담한 걸까? 내게 말 걸지도 않았는데.

넓디넓은 하늘의 가장 아름다운 두 별이

볼일 보러 잠시 자리를 비우는 사이에

그녀에게 성좌에 남아 반짝여 달라고

그녀의 두 눈동자에 부탁하네.

그녀의 눈동자와 두 별의 자리가 바뀌면 어떻게 될까?

그녀의 뺨은 햇빛 아래 등불처럼 너무 밝아

별들은 창피해하리라. 하늘로 간 그녀의 눈동자는

너무 밝아 창공을 가로질러 빛나므로

새들은 대낮이라 여기고 노래할 거야.

저것 봐, 손으로 자기 뺨을 받쳤어.

오, 내가 저 손에 낀 장갑이라면

그녀의 뺨에 가 닿을 수 있었을 텐데!

줄리엣 아, 어쩌나!

로미오 그녀가 뭔가 말을 한다!

오, 다시 말해보오. 눈부신 천사여!

내 머리 위에 떠 있는 이 밤의 그대는,

날개 달린 하늘의 전령이 허공의 한복판을

둥둥 떠다니는 구름에 걸터앉아 지날 때

놀라서 하얗게 뒤집힌 눈으로 우러러 바라보는

인간들의 눈동자 속에 비친

그 모습만큼이나 찬란하구나.

줄리엣 오, 로미오! 로미오, 당신은 왜 하필 로미오인가요?

아버지의 이름을 버리고 그대 이름을 거부하세요.

그렇게 못하겠다면, 다만 나를 사랑한다고 맹세해주세요.

그러면 나는 캐풀렛이라는 성을 버리겠어요.

로미오 더 들어볼까? 아니면 이쯤에서 말을 걸까?

줄리엣 그대의 이름만이 나의 적일 뿐이에요.

당신이 몬터규든 아니든 그대는 그대일 뿐이죠.

몬터규가 뭐라고……. 손도 발도 아니고

팔이나 얼굴이나 사람의 신체

그 어느 것도 아니에요. 오, 다른 이름을 가지세요.

이름이 별건가요? 우리가 장미라고 부르는 건

다른 어떤 말로도 같은 향기가 날 거예요.

로미오도 마찬가지예요. 로미오라고 안 불려도

이름이 없어도 소중한 완벽성은 그대로

유지될 거예요. 로미오, 그 이름을 버려요.

그대와 상관없는 그 이름 대신에

나를 다 가지세요.

로미오 당신의 말대로 하고 당신을 가질게요.

연인이라 불러만 준다면 다시 세례받은 뒤

앞으로는 절대로 로미오라 안 할게요.

줄리엣 누구신데 이렇게 밤의 적막 속에서

제 비밀과 마주치는 거죠?

로미오 이름은…….

누구인지 그대에게 말할 수 없군요.

성자시여, 제 이름을 제가 미워합니다.

그것이 그대의 적이기 때문이죠.

만약에 써놨다면 찢어버릴 겁니다.

줄리엣 그대의 혀가 내뱉어 내 귀로 마신 말은

백 마디도 안 되지만 그 목소리는 알아요.

로미오가 아닌가요? 몬터규 집안의?

로미오 그대가 싫어하신다면 어느 쪽도 아닙니다.

줄리엣 어떻게 오셨어요? 말해봐요, 왜 오셨어요?

정원의 벽이 높아 넘어오기 힘드셨을 텐데요. 게다가

내 친척 누군가가 그대를 발견하면

무사히 빠져나가기 힘들 거예요.

로미오 정원의 담쯤이야 사랑의 날개로 날아올라 가볍

게 넘었죠.

돌로 지은 장애물은 사랑을 못 내치지요.

사랑으로 과감히 해낼 수 있으니까요.

그러니 그대의 친척들도 나를 막지는 못합니다.

줄리엣 당신을 발견하면 살해할 거예요.

로미오 아! 그들의 스무 자루 칼보다도 더 큰 위험이

그대의 눈동자에 있답니다. 그대만 기쁘다면

그들의 적개심은 날 찌르지 못합니다.

줄리엣 아, 제발 무슨 일이 있어도 그들 눈에 띄지 않았

으면 좋겠어요.

로미오 밤의 외투 걸쳐서 그들 눈에 띌 리 없지만

그대 사랑이 없다면 찾아내라지요.

그들의 미움으로 내 생명 끝나는 게

사랑 없이 지연된 목숨보다 낫습니다.

줄리엣 누구의 안내로 이곳을 찾아낸 거예요?

로미오 사랑이 맨 처음 알아보라 귀띔했죠.

그는 내게 조언했고 난 눈을 빌려줬답니다.

난 선장은 아니지만, 가장 먼 바닷물에 씻기는

불모의 해안만큼 그대가 멀리 있다 하여도

이런 보물을 구하려고 모험을 했을 겁니다.

줄리엣 알다시피 밤의 가면이 내 얼굴을 덮었어요.

안 그러면 오늘 밤에 들으신 말 때문에

처녀의 뺨은 수줍어 붉어졌을 거예요.

격식을 차리고 싶어요, 제가 했던 말을 부디
부인하고 싶어요. 하지만 관습은 버릴게요.
날 사랑하세요? "네."라고 말씀하실 걸 알아요.
그 말을 믿을게요. 그래도 맹세하신다면
거짓이 될 수 있답니다. 연인들의 위증에
조브(주피터라고도 불리는 로마 신계의 주신으로 그리스 신
화의 제우스와 동일시됨) 신이 웃는다고 하니까요. 오, 로
미오!
날 사랑한다면 성실하게 선언해요.
만약 나를 너무 빨리 얻었다고 생각하면
다시 구애하도록 심술궂게 찌푸리고
"안 돼요."라고 할 테지만, 아니라면 절대로 안 그래요.
로미오, 난 너무 좋아요.
그래서 내 행동을 가벼이 여길 수 있겠지만
날 믿어주세요. 교활하게 쌀쌀맞은 여자보다
더 진실한 사람임을 증명할 테니까요.
고백하건대, 그대가 나 몰래 참사랑의 감정을
엿듣지만 않았어도 그대에게 더 쌀쌀맞게

굴었을지 몰라요. 그러니 날 용서하고

어두운 밤중에 들켜버린 이 허락을

가벼운 사랑의 탓으로 돌리지는 마세요.

로미오 과일나무 가지 끝을 은빛으로 물들이는

저기 저 축복받은 달에 서약하건대…….

줄리엣 오, 둥근 궤도 안에서 한 달 내내 변하는

지조 없는 달에 맹세하지는 마세요.

그대의 사랑이 달처럼 바뀌지 않도록.

로미오 어디에다 맹세하죠?

줄리엣 아무 맹세도 마세요,

그래도 하겠다면 품위 있는 자신에게 하세요.

제가 우상으로 숭배하는 신이니까요.

그럼 믿을 거예요.

로미오 내 마음의 사랑이…….

줄리엣 아니요, 맹세하지 말아요. 그대가 좋기는 해도

오늘 밤 이 언약은 기쁘지 않답니다.

너무도 성급하고 무모해요.

번개가 친다고 말하기도 전에 사라지는

번개처럼 말이에요. 잘 자요!

이 사랑의 새싹은 여름의 숨결로 자라나서

우리가 다음에 만날 땐 예쁜 꽃이 필 거예요.

잘 자요, 잘 자요. 내 마음속에 있는

감미로운 휴식이 그대의 마음에도 깃들기를!

로미오 오, 난 이토록 불만족스러운데 그대는 떠나나요?

줄리엣 오늘 밤에 바라는 만족이 뭔데요?

로미오 성실한 사랑의 서약을 나누는 거랍니다.

줄리엣 요청하기 전에 제 것을 이미 드렸어요.

하지만 다시 주고 싶네요.

로미오 취소하고 싶은가요? 다시 주는 이유가 뭔가요?

줄리엣 너그러운 마음으로 또다시 주려 해요.

그저 가진 것을 주고 싶을 뿐이에요.

아낌없는 내 마음은 바다처럼 끝이 없고

사랑 또한 깊어서 더 많이 줄수록

더 많이 생겨나요. 둘 다 무한하니까. (안에서 유모가 부

른다.)

안에서 소리가 들려요. 잘 가요, 내 사랑!

(뒤쪽을 향해) 곧 갈게, 유모!

부디 진실하기를, 로미오. 잠시만 기다려요. 돌아올 테
니까.

줄리엣, 위쪽 창문에서 퇴장.

로미오 오, 축복이어라! 축복받은 밤이다! 밤이라서

이 모든 게 실제라고 하기에는

지나치게 달콤하다.

줄리엣, 위쪽 창문에서 등장.

줄리엣 로미오, 한마디만 더 하고 정말 안녕을 고할게요.

그대가 사랑하는 방향이 올바르고

목적이 결혼이라면, 내일 내가 주선하여

보내는 사람 편에 말해주세요.

언제 어디에서 예식을 거행할지를요.

그러면 내 전 재산을 그대에게 바치고

이 세상 어디든 당신 아내로서 따라가겠어요.

유모   (안에서) 아가씨!

줄리엣   (뒤쪽을 향해) 곧 갈게! (로미오를 바라보며) 그러나

좋지 않은 의도라면

정말로 간청하건대…….

유모   (안에서) 아가씨!

줄리엣   (뒤쪽을 향해) 금방 갈게.

이번 일은 없는 셈 치고 저만 슬픔 속에 빠질 뿐이에요.

내일 사람을 보낼게요.

로미오   내 영혼에 맹세코…….

줄리엣   수천 배만큼 좋은 밤이 되기를!

줄리엣, 위쪽 창문에서 퇴장.

로미오   그대 빛을 잃고 나니 수천 배나 더 나쁘네.

그대 향한 연인의 걸음은 즐거운 하굣길 같고

그대 떠난 연인의 걸음은 우울한 등굣길 같구나.

줄리엣, 위쪽 창문에서 등장.

줄리엣 오, 소중한 로미오. 매사냥꾼 소리로

저 매를 다시 불러들였으면!

속박 신세라 큰소리도 못 지르네.

안 그러면 메아리 신이 사는 동굴을 깨부수고

산울림보다 더 크게 목이 쉴 때까지

로미오란 이름을 되풀이해 부를 텐데.

로미오 오, 내 영혼이 내 이름을 부르고 있구나.

경청하는 사람의 귀에 부드러운 음악처럼

연인의 밤말은 이 얼마나 종소리 같은가.

줄리엣 로미오!

로미오 내 사랑.

줄리엣 내일 아침 몇 시에 사람을 보낼까요?

로미오 아홉 시에 보내십시오.

줄리엣 꼭 그렇게 할게요. 그때까지 20년이 남은 것 같아

요.

그대를 왜 다시 불렀는지 잊었어요.

로미오 기억날 때까지 서 있게 해줘요.

줄리엣 그대를 거기 있게 하려고 잊었어요.

  얼마나 같이 있고 싶었는지를 기억해요.

로미오 이곳 말고 다른 곳은 모두 다 잊었어요.

  그대가 계속 다른 건 잊도록 곁에 서 있을게요.

줄리엣 곧 해가 뜰 거예요. 그대를 보내고 싶지만…….

  악의적인 자의 새보다 더 멀리는 안 돼요.

  그 새는 마치 그자의 뒤틀린 허리에 갇힌 불쌍한 죄수

  같아요.

  그자는 자신의 손을 떠나 조금 날게 해주지만

  무턱대고 풀어주기에는 자유를 의심하여

  은빛 실을 홱 당겨 도로 낚아챈답니다.

로미오 내가 그대의 새였으면…….

줄리엣 그랬으면 좋겠어요.

  하지만 너무 많이 품었다가는 죽이게 될걸요.

  잘 자요, 로미오! 이별의 슬픔은 감미로워요.

  아침이 올 때까지 밤 인사를 할 거예요.

로미오   그대의 눈동자와 가슴에 잠과 평화 찾아오고
나 또한 기쁨에 찬 잠과 평화 누렸으면!
난 이제 수사의 거처로 발을 옮겨
도움을 간청하고 이 행운에 대해
말씀드려야지.

로미오 퇴장.

2막 3장

로렌스 수사의 거처.

바구니를 든 로렌스 수사 홀로 등장.

로렌스 수사 잿빛 눈의 아침은 얼룩덜룩 금빛으로

　동쪽 구름 칠하면서 찌푸린 밤 보며 웃고

　빛 점 박힌 어둠은 술꾼처럼 비척대며

　낮의 신이 주관하는 길과 태양신의 불마차를 피해 가네.

　난 이제 저 태양이 불타는 눈을 들어

　낮 기운을 북돋우고 밤이슬을 쫓기 전에

　독초와 귀한 액즙이 들어 있는 꽃으로

이 버들 바구니를 한가득 채워야지.
대지가 곧 자연물의 어미이자 무덤이고
그들이 묻히는 묘지가 곧 그들의 자궁인데
우리는 그 자궁의 다양한 자식들이
생모의 가슴에서 젖 빠는 걸 볼 수 있네.
여러 가지 효능이 있어 뛰어난 건 많으며
약효가 없는 것은 없지만 다 다르다.
오, 초목과 광물에 담겨 있는
강력한 효능은 참 크기도 하여라.
땅 위에 사는 것은 아무리 사악해도
특유의 이로움을 땅으로 조금은 되돌리고
또 아무리 이로워도 선용하지 않으면
오용에 빠지면서 천성을 저버리게 되니까.
미덕도 못 쓰면 악덕으로 바뀌고
악덕도 때로는 행동으로 영예를 얻는다. (로미오가 등장
한다.)
이 약한 꽃송이의 어린 망울 속에서
독은 머물 자리를, 약은 힘을 얻는다.

그 냄새만 맡을 때는 전신에 활력을 주지만

맛을 보면 심장 따라 모든 감각이 멈추니까.

이처럼 적대하는 미덕과 욕정의 두 국왕이

인간이나 약초 안에 언제나 진을 치고

둘 가운데 나쁜 것이 우세할 경우

죽음이란 자벌레가 그것을 삼켜버린다.

로미오 좋은 아침입니다, 신부님.

로렌스 수사 축복받으시오.

참 유쾌한 아침 인사 같은데 뉘시오?

로미오, 너였구나. 이렇게 아침 일찍 침실을 떠난 건

머리가 아픈 일이 있다는 말이구나.

늙은이의 눈 속엔 걱정거리가 보초를 서고

걱정거리 머문 곳에 잠은 절대 안 오지만

골치도 안 아프고 속도 안 부대낀 젊은이가

네 활개를 접는 곳엔 금빛 잠이 쏟아지지.

그러니까 네가 일찍 일어난 건 분명히

뭔가 불편한 것이 있다는 말이구나.

그런 게 아니라면 어디 한번 맞혀볼까.

어젯밤을 지새운 게로구나.

로미오   네. 달콤한 휴식이었답니다.

로렌스 수사   맙소사. 죄를 지었어! 로잘린과 함께였구나.

로미오   로잘린과 함께요? 아닙니다, 신부님.

그 이름과 그 이름의 비탄은 잊었어요.

로렌스 수사   그거참 잘했다. 그럼 어디에 있었느냐?

로미오   또다시 묻기 전에 말씀드리지요.

이 몸이 적과 함께 향연을 즐기던 중

저로부터 상처를 입은 사람이 갑자기

제게 상처를 입었어요. 두 사람의 치료는

신부님의 도움과 성스러운 의술에 달렸어요.

제 마음에 미움은 없습니다, 신부님.

제 탄원은 적에게도 혜택을 주니까요.

로렌스 수사   분명하고 알기 쉽게 바라는 바를 말하거라.

고해가 난해하면 속죄도 난해할 수밖에.

로미오   그렇다면 분명하게 말할게요. 제 마음의 연인을

캐퓰렛 댁의 고운 딸로 결정하였습니다.

그녀도 저와 같이 마음을 정하였고

신부님이 혼인으로 맺어주는 일만 빼고
전부 합의했답니다. 언제 어디에서 어떻게
둘이 만나 구애하고 언약을 나누었는지
가면서 말씀드릴 테니 제발 부탁드리건대,
오늘 혼인으로 저희를 맺어주십시오.

로렌수 수사   이럴 수가! 많이도 변했구나!
그렇게도 사랑하던 로잘린은 벌써 잊었느냐?
이리도 빨리? 젊은이의 사랑은 진실로
마음속이 아니라 눈동자 속에 있구나.
하느님 맙소사! 로잘린 때문에
네가 핏기없는 뺨에 흘린 눈물이 얼마더냐?
짠맛도 나지 않는 사랑을 보존해보려고
낭비한 짠물은 또 얼마나 많았더냐!
허공에 뱉은 네 한숨이 아직 볕에 안 말랐고
늙은이 두 귀에 네 신음이 아직 들려.
이것 봐, 여기 너의 뺨에 채 씻기지 않은
눈물 자국이 아직도 남아 있어.
네가 옛날의 너이고 비탄이 네 것이라면

너와 이 비탄은 다 로잘린 때문이었잖아.

그런데 변했다고? 그럼 이 격언이나 읊어라.

"남자가 힘이 없으면 여자는 쓰러진다."

로미오 신부님은 로잘린을 사랑한다고 자주 꾸중하셨잖

아요.

로렌스 수사 사랑이 아니라 혹했다고 그런 거지.

로미오 그리고 사랑을 묻으라고 그러셨죠.

로렌스 수사 무덤 속에 묻으라 했지.

하나 묻고 또 하나를 꺼내라고 한 건 아냐.

로미오 꾸중하지 마세요. 지금의 그녀와는

사랑과 호의를 서로 주고받으니까.

전에는 그러지 못했죠.

로렌스 수사 오, 그거야 네 사랑이

철자도 모르는데 암기한 것과 같음을 로잘린이 알았기

때문이지.

하지만 갈팡질팡하는 젊은이, 함께 가세나.

하나 마음에 드니 도와주마. 이 결합이

정말로 행복한지 증명이 되면 순수한 사랑으로

두 집안의 원한이 달라질 수도 있으니까.

로미오 어서 가요. 갑자기 서두르고 싶어요.

로렌스 수사 천천히 현명하게. 빨리 뛰면 넘어진다.

함께 퇴장.

2막 4장

벤볼리오, 머큐시오 등장.

머큐시오 로미오 이 녀석은 도대체 어디 간 거야?
  어젯밤엔 집에도 안 왔어?

벤볼리오 부친 집엔 안 왔어. 하인한테 알아봤지.

머큐시오 허, 창백하고 냉정한 아가씨 로잘린이
  하도 괴롭혀서 그가 미쳐 날뛰는 거야.

벤볼리오 캐풀렛 영감의 친척인 티볼트가
  로미오 부친 집에 편지를 보냈다지?

머큐시오 도전장이 틀림없어.

벤볼리오 로미오는 답장을 보낼 테고.

머큐시오 글만 알면 답장이야 누구든 할 수 있지.

벤볼리오 아니, 편지의 주인에게 응답할 거야.

감히 도전에 응하겠노라고.

머큐시오 아, 불쌍한 로미오. 그는 이미 죽었어.

순백 처녀의 검은색 눈에 찔리고,

창백한 계집의 파리한 검은 눈에 찔리고,

귀는 사랑의 노래로 꿰뚫렸으며, 그의 심장은

눈먼 소년의 연습용 화살로 한가운데가 쪼개져버렸으

니까.

이런 사나이가 티볼트를 상대할 수 있을까?

벤볼리오 왜? 티볼트가 뭔데?

머큐시오 고양이의 왕보다는 한 수 위지. 오, 그는 결투

예법의

용감한 대장이야. 악보를 보고 노래하듯 정확하게

싸운다네. 박자, 거리, 리듬을 지키면서

최소한의 휴지를 두면서 한두 번 찌르다가 세 번째는

가슴을 찌르는 거야. 그는 비단 단추 도살자, 결투 명수,

검투사야.

최고급 양성소 출신의 신사로서 첫 번째와 두 번째의

싸움 명분을 따른다네.

아, 그 필살의 전방 공격, 후방 공격과 직타격!

벤볼리오 그건 또 뭐야?

머큐시오 이렇게 기괴하게 말해 잘난 체하는 거드름쟁이

들,

낯선 말을 내뱉는 자들은 염병에나 걸려라.

"어라, 아주 훌륭한 검잡이네! 아주 간 덩치 큰

남자! 어? 유쾌한 창녀잖아!"

아니, 벤볼리오 노인, 이거 통탄할 일 아닌가? 우리가

이런 이상한 날벌레들. 유행병에 걸린 자들. 새로운 예

의를

너무 차린 나머지 오래된 범절은 제대로 챙기지도 못하

면서

젠체하는 자들 때문에 이렇게 괴로워야 한다니.

뼈가 썩어 문드러질 놈들!

로미오 등장.

벤볼리오 저기 로미오가 오네. 로미오가 와.

머큐시오 알을 빼서 말린 청어 꼴이구나. 오, 인간이

저렇게 물고기가 되다니! 이제 그는 페트라르카(이탈리

아 르네상스 시대 시인)의

구슬픈 노래에 어울리게 되었어. 로미오의 아가씨에

비하면 로라는 부엌데기,

아차, 그녀의 애인이 시는 더 잘 지었지.

디도(베르갈리우스의 서사시『아이네이스』의 주인공 아이네

이아스가 사랑한 카르타고의 여왕)는 촌뜨기, 클레오파트

라(카이사르와 안토니오가 사랑했던 이집트의 여왕)는 검둥

이,

헬레네(트로이 전쟁을 일으킨 납치 사건의 장본인)와 헤론

(말로의『헤로와 리엔더』에서 리엔더로 하여금 밤마다 헬레

스폰트를 헤엄쳐 건너가 사랑을 나누다가 어느 밤 빠져 죽게

만든 세스토스의 미녀)은 매춘부 매음녀고.

디스비(오비디우스의『변신 이야기』에서 부모의 반대로 사

랑을 이루지 못하고 비극적인 죽음을 맞이하는 피라무스의 연인)는 잿빛 눈이 괜찮지만 별 볼일이 없어.

봉주르, 시뇨르 로미오! 이건 당신의 프랑스식 바지에 맞춘 프랑스식 인사요. 어제저녁엔 뻉소니로 우리를 멋지게 속였소이다.

로미오 안녕들 하십니까. 제가 무슨 뻉소니를 쳤지요?

머큐시오 도망친 거 말이야. 도망친 거. 못 알아듣겠어?

로미오 미안해, 머큐시오. 중요한 일이 있었어. 그럴 땐 예절을 좀 어길 수도 있잖아.

머큐시오 그 말은 네 상황이 그래서 다리가 후들거려 어정쩡한 자세로 예의를 표할 수밖에 없다는 거겠지.

로미오 드레스 차림의 숙녀가 하는 인사처럼?

머큐시오 아주 점잖게 알아맞혔어.

로미오 아주 예의 바른 설명이야.

머큐시오 그럼, 난 바로 예절의 꽃이니까.

로미오 장미는 꽃이지.

머큐시오 맞아.

로미오   그렇다면 내 구두의 꽃장식은 훌륭해.

머큐시오   재치가 빈틈없군! 이제 이 농담을 따라봐,
네 구두가 닳아 없어질 때까지. 그래서 그 유일한
밑창이 닳아 없어진 뒤에도 이 농담은 유일하게
외로이 남아 있도록.

로미오   오, 닳아빠진 농담이여, 유치하기 때문에
유일하게 외롭구나.

머큐시오   착한 벤볼리오. 나 좀 거들어줘.
내 머리가 멍해졌어.

로미오   채찍과 박차를 써보라고, 어서. 안 그러면
내가 이겼다고 외칠 거야.

머큐시오   아냐. 이런 식의 도깨비놀음이라면 난 끝장이야.
넌 내 마음의 다섯 기능 전체가 가진 것보다
더 많은 도깨비를 한 기능 안에 가졌으니까.
내가 너와 함께 도깨비를 쫓았던가?

로미오   넌 나와 함께한 게 아무것도 없어.
나와 함께 도깨비를 쫓지 않았으니까.

머큐시오   그런 농담을 한다니! 귀를 깨물어줄 테다.

로미오 안 돼! 도깨비야, 깨물지 마.

머큐시오 내 재치는 아주 달콤새콤한 사과야.

아주 매운 소스란 말이지.

로미오 그래서 맛있는 도깨비를 잡아먹을 때

내놓기를 잘했잖아?

머큐시오 오, 재치가 노루 가죽 같구나. 짧은 한 치가

마흔다섯 치로 늘어나다니.

로미오 내가 그 재치를 '늘어나다'라는 단어와 함께 잡아

당겨

도깨비에다 붙이면 넌 길디길고 넓디넓은

도깨비가 될 거야.

머큐시오 아니, 지금 이게 사랑 때문에 신음하는 것보다

낫잖아. 이제야 넌 사교적인 로미오가 되었어.

이제야 너는 재주로나 본성으로나 원래의 너야.

왜냐하면 이 사랑이라는 놈은 혓바닥을 깨물고

침을 질질 흘리면서 커다란 바보처럼 이리저리

뛰어다니니까. 자신의 광대 지팡이를 구멍 속에

집어넣어 감추려고 말이야.

벤볼리오　멈춰. 거기에서 멈춰!

머큐시오　넌 내가 막 핵심으로 들어가려는데 이야기를
멈추라고 했어.

벤볼리오　아, 그건 네가 잘못 짚었어. 난 그걸
줄이려고 했는데 핵심의 끝이 닿는 데까지 간 다음엔
더 이상 이 문제에 집착할 생각은 없었으니까.

로미오　훌륭한 물건이군. (유모와 하인 피터가 등장한다.)
배다, 배!

머큐시오　두 척이야. 두 척. 치마와 바지야.

유모　피터!

파터　네!

유모　피터! 내 부채.

머큐시오　이봐, 피터. 그걸로 그녀의 얼굴을 가려줘.
부채가 얼굴보다 더 고우니까.

유모　좋은 아침이에요, 신사 여러분.

머큐시오　좋은 오후예요, 아주머니.

유모　벌써 오후라고요?

머큐시오　그렇고말고요. 문자반의 음탕한 손끝이 지금

정오의 거기를 꾹 누르고 있으니까.

유모 에구머니, 무슨 사람이 그래요?

로미오 아주머니, 그는 하느님이 자기 자신을

망치라고 만든 사람이랍니다.

유모 '자기 스스로 망친다', 그거 맞는 말이네요. 그렇지!

신사 여러분, 로미오라는 젊은이를 어디서 찾을 수 있

는지

말해줄 수 있어요?

로미오 내가 말하지요. 하지만 로미오라는 젊은이는

당신이 수소문할 때보다 찾았을 때 더 늙어 있을 겁니다.

그 이름을 가진 사람으로는 내가 가장 젊지요.

더 못난 사람이 없어서.

유모 좋은 말씀이네요.

머큐시오 네? 못난 게 좋다고요? 이해력 만점이야.

정말로 똑똑하다, 똑똑해.

유모 당신이 그분이라면 대화를 좀 나누고 싶은데요.

벤볼리오 로미오를 저녁 식사에 초대할 거야.

머큐시오 뚜, 뚜, 뚜쟁이다! 저것 봐라!

로미오 뭘 봤는데 그래?

머큐시오 토끼 갈보[원문에서 hare(토기, 매춘부), whore(창녀)
와 발음이 같은 hoar(흰곰팡이가 피다)로 하는 말장난을 최대한
전달하기 위해 지어낸 말]는 아니야. 암, 다 먹기도 전에
쉬어버리는 사순절 파이 속의 토끼라면 모를까. (그들
주변을 걸으면서 노래한다.)

쉬어빠진 흰 토끼 갈보는

사순절 고기로는 아주 좋아.

하지만 늙은 토끼 갈보는

다 먹기도 전에 썩는다면

돈 주고 같이 자기는 역겨워.

로미오, 아버지 집으로 올 거지? 우리도 거기에서
저녁 먹을 건데.

로미오 뒤따라가겠네.

머큐시오 잘 있어요. 고령의 숙녀여. 잘 있어요. (노래한다.)
숙녀, 숙녀, 숙녀여

머큐시오와 벤볼리오 함께 퇴장.

유모 저토록 못된 짓만 하는 버릇없는 자식이

누군지 말해주시겠어요?

로미오 유모, 저 사람은 자기 말을 듣기 좋아하는 신사인데,

한 달 동안 참은 것보다 더 많은 말을

1분 동안 쏟아놓는답니다.

유모 나를 나쁘게 말하면 덮쳐버릴 거예요. 그가 지금

나보다 힘이 세다 해도, 그깟 놈 스물이 덤벼든다 해

도요.

내가 못 하면 할 수 있는 사람을 찾겠어요.

더러운 놈. 난 그런 헤픈 계집이 아니라고.

먹따는 놈들의 계집이 아니란 말이야. (하인 피터에게 몸

을 돌려) 근데 넌 곁에 서서 온갖 잡놈이

날 마음대로 갖고 놀도록 내버려두니?

피터 전 유모를 마음대로 가지고 노는 사람을 못 봤는데요.

봤다면 내 연장을 재빨리 꺼냈겠지요. 장담컨대

나도 다른 사람만큼 빨리 뽑아요. 유리한 싸움에서

기회가 내 편이고 법이 내 편이라면 말이에요.

유모 아이참, 얼마나 괘씸한지 온몸이 다 떨리네. 더러

운 놈!

한마디만 할게요. 말씀드렸듯이 우리 아가씨가

당신을 찾아보라고 했어요. 전해 달라는 말씀은

나 혼자만 간직할 겁니다. 그렇지만 먼저 해둘 말이 있

는데,

만약 당신이 우리 아가씨를 재미 보려고 꼬여낸 거라

면, 알지요?

그건 아주 천한 행동이라고요. 알지요? 아가씨는 어리

니까.

그래서 당신이 만약 아가씨를 속인 거라면 그건 정말

어느 숙녀가 당해도 좋지 않은 일이고 아주

형편없는 짓이라고요.

로미오 유모, 당신의 아가씨에게 안부 잘 전해줘요. 내

단언컨대…….

유모 마음도 착하시지. 그 말씀 그대로 전할게요.

아무렴. 아가씨는 기쁨에 찬 여인이 될 거예요.

로미오 그녀에게 무슨 말을 할 건데, 유모?

내 말을 듣지도 않았으면서.

유모 당신이 단언했다고 말씀드릴 거예요. 그건

내가 보기에 신사다운 제안이니까.

로미오 아가씨에게 말해줘요.

고해할 빌미를 오늘 오후 찾아내면

로렌스 신부님의 거처에서 사죄받고

결혼할 거라고. 수고가 많았어요.

유모 정말로 안 돼요. 한 푼도.

로미오 무슨 말씀을. 받아요.

유모 오늘 오후라고요? 네, 아가씨가 거기로 가실 겁니다.

로미오 그런데 잠깐만, 유모. 수도원 담 뒤로

한 시간쯤 지나면 내 하인이 유모에게

밧줄로 된 사다리를 가져갈 텐데

은밀한 밤중에 기쁨의 정상으로

이 몸을 날라주는 수단이 될 겁니다.

잘 가요. 신뢰를 지켜요. 보답할 테니까.

잘 가요. 줄리엣에게 안부 잘 전해줘요.

유모 하느님의 축복을 받으세요! 이보세요.

로미오 할 말이 있나요? 사랑스러운 유모께서?

유모 하인의 입은 무거워요. 이런 말 몰라요?

하나를 없애야 둘의 비밀이 지켜진다.

로미오 충직함이 철석같은 하인임을 보증해요.

유모 그건 그렇고, 우리 아가씨는 상냥하기 이를 데 없는 숙녀랍니다.

아무렴! 아기씨가 재잘거리던 시절에……. 아, 시내에 파리스라는

귀족이 한 분 있는데 한번 덤벼보실 모양이죠. 하지만 아가씨는 착하기도 하지. 그를 보느니 차라리 두꺼비를, 진짜 두꺼비를 보겠다지 뭐예요. 난 때로는 아가씨를 약 올리며 파리스가 더 멋진 남자라고 말하지요. 하지만 그럴 때면 아가씨는 새하얀 옷처럼 창백해진답니다.

로즈메리와 로미오가 같은 글자로 시작하지 않나요?

로미오 그래요, 유모. 그게 어때서요? 둘 다 'R' 자로 시작해요.

유모 아, 우습다. 남자 이름이 어떻게 'R'일까[라틴어에서 R자는 그 소리의 유사함 때문에 '개 글자'(littera Canina)라고 함.

다른 말장난으로 바꿈]?

남자 '알'은······.

아니, 그건 다른 글자로 시작하려나?

아가씨는 당신과 로즈메리에 관해 최고로 예쁜

글귀를 알고 있는데 들어보면 기분 좋으실 거예요.

로미오 줄리엣에게 안부 잘 전해줘요.

유모 네, 수천 번 전할게요. (로미오가 퇴장한다.) 피터!

피터 네!

유모 (피터에게 자기 부채를 주면서) 앞서서 빨리빨리 걸어.

함께 퇴장.

2막 5장

줄리엣 등장.

줄리엣 유모를 보냈을 때 아홉 시 종을 쳤어.

반 시간 안으로 돌아온다고 약속했으니…….

못 만났으면 어쩌지? 그건 아닐 거야.

오, 유모는 절름발이! 사랑은 생각이 전해야 해.

음울한 언덕에서 그늘을 내모는 햇빛보다

열 배나 더 빠르게 날아갈 수 있으니까.

그래서 날개가 가벼운 비둘기가 비너스의 마차를 끌고

바람 같은 큐피드의 등에 날개가 달린 거야.

지금은 태양이 하루의 여정에서

최정상에 와 있고, 아홉 시에서 열두 시까지의

세 시간은 기나긴데 유모는 여태 무소식이네.

그녀에게 애정과 젊음의 더운 피가 있다면

공처럼 움직임이 재빨랐을 거야.

그럼 난 말로써 그 공을 내 연인에게 넘겨주고

받기도 했을 텐데.

하지만 노인들은 죽은 거나 마찬가지야.

다루기 힘들고 느리고, 둔하고, 납처럼 푸르스름한 얼

굴을 해서는. (유모와 피터가 등장한다.)

어머, 왔어! 오, 착한 유모! 소식은?

로미오를 만났어? 하인은 저리 보내.

유모 피터, 문에서 기다려. (피터는 퇴장한다.)

줄리엣 자, 착한 유모. 아이참, 왜 그렇게 슬픈 얼굴이에요?

슬픈 소식이라도 유쾌하게 말해줘.

그렇게 시무룩한 얼굴을 하면

달콤한 소식이라도 다 망치겠어.

유모 피곤해요. 잠깐만 날 쉬게 해줘요.

아이고, 삭신이야! 참 멀리도 쏘다녔지!

줄리엣   내 뼈를 가져가고 소식은 날 줬으면.

자, 이제 말을 해봐. 착한 유모, 어서 말해줘.

유모   원, 급하기도! 잠시도 못 기다리겠어요?

숨차하는 내 모습이 보이지도 않으세요?

줄리엣   숨찼다고 나에게 말할 숨은 남아 있는데

어떻게 유모가 숨찼다고 말할 수 있어?

이렇게 지체하며 만들어낸 핑계가

그 핑계로 전해주지 않는 이야기보다 더 길잖아.

좋은 소식이야, 나쁜 소식이야? 그것부터 말해줘.

어느 쪽인지 알려주면 자세한 정황은 기다릴게.

궁금증을 풀어줘. 좋은 소식이야, 나쁜 소식이야?

유모   글쎄, 아가씬 어리석은 선택을 하셨어요. 남자를

어떻게 고르는지 모르십니다. 로미오라고요? 아뇨,

그는 아니에요. 얼굴은 누구보다 잘생겼고 다리도

누구보다 늘씬하지만, 또 손과 발과 몸매로 말하자면,

그런 건 얘기할 가치도 없지만, 어쨌든 비교가 안 돼요.

그는 예절의 꽃은 아니랍니다. 하지만 장담컨대

양처럼 온순해요. 가봐요, 아가씨. 하느님을 섬기고,

참, 점심은 먹었어요?

줄리엣 아니, 아니! 그런 건 내가 다 알던 거야.

우리 결혼에 대해선? 뭐라고 했어?

유모 아이고, 머리야! 내 머리가 왜 이래!

산산조각이 날 것 같아. 지끈지끈하네.

내 등골 한쪽이……. 아, 내 허리, 아이고, 허리야!

그 심보 좀 고쳐요. 이리저리 나를 보내

왔다 갔다 죽도록 헤매게 만들더니! 나 죽네!

줄리엣 유모, 몸이 안 좋다니 정말 미안해.

착하디착한 유모, 말해줘. 그이가 뭐랬어?

유모 그분은 명예로운 신사처럼 얘기했고

공손하고 친절하고 멋졌으며

틀림없이 덕스러운…….

그나저나 마님은 어디 계세요?

줄리엣 어머니? 그야 안에 계시지

어디로 가셨겠어? 참 이상한 대답이야!

'그분은 명예로운 신사처럼 얘기했고'로 시작해서 왜

'마님은 어디에 계세요?'로 끝나는 거야?

유모 오, 성모님 맙소사!

그렇게 몸이 달아요? 나 이것 참, 아가씨,

삭신이 쑤시는데 이런 약을 내게 줘요?

앞으로 심부름은 스스로 하세요.

줄리엣 공연히 난리야! 자, 로미오가 뭐라 했어?

유모 오늘 고해성사 가는 건 허락받았어요?

줄리엣 받았어.

유모 그럼 빨리 로렌스 수사의 거처로 가봐요.

아내로 맞이해줄 남편이 있을 테니.

이제야 그 뺨 위에 발그레한 피가 도는군요.

무슨 소식이든지 곧바로 새빨개지신다니까.

성당으로 어서 가요. 나는 길을 달리 잡고

아가씨 연인이 어두워지자마자

둥지로 올라갈 사다리를 가지고 올 테니까.

아가씨의 기쁨을 위해 천한 일은 내가 하지요.

그렇지만 곧 밤이 되면 아가씨가 힘들어요.

난 저녁을 먹을 테니 서둘러 거처로 가요.

줄리엣 소중한 행운을 어서 잡아야지! 멋진 유모, 안녕.

함께 퇴장.

2막 6장

로렌스 수사와 로미오 등장.

로렌스 수사 하느님, 성스러운 이 결혼식에 미소 지으시고

나중에 슬픔 내려 꾸중하지 마소서!

로미오 아멘, 아멘! 하지만 어떤 슬픔이 오더라도

그것은 그녀와 마주 보고 교환하는

한순간의 제 기쁨에 필적할 수 없답니다.

성스러운 말씀으로 저희 손을 맺어만 주시면

사랑을 삼키는 죽음은 뭐든지 하라지요,

그녀를 내 것이라 부르게 되면 그것으로 충분하니까요.

로렌스 수사   그처럼 격렬한 기쁨은 끝 또한 격렬하여

입 맞추며 폭발하는 불꽃과 화약처럼

절정에서 사라지는 법이네. 꿀이 너무 달다 보면

감미로움 자체가 싫증을 일으키고

정작 맛을 보았을 땐 욕구를 없애게 되지.

그러니 적당히 사랑해라. 긴 사랑은 그렇단다.

너무 일찍 도착해도 너무 늦은 지각이야. (줄리엣이 등장

한다.)

아가씨가 오는구나. 오, 저렇게 가벼운 발걸음으로

다가오니 단단한 돌바닥은 절대 닳지 않으리라.

사랑하는 사람은 짓궂은 여름 바람을 맞으며

한가로이 나부끼는 거미줄에 올라타도

안 떨어진다지. 덧없어라, 세상의 기쁨이여.

줄리엣   고해성사를 드리러 신부님께 저녁 인사 드립니다.

로렌스 수사   로미오가 나 대신 고마움을 표할 겁니다.

줄리엣   고마움이 너무 많아서⋯⋯. 한 번은 갚을게요.

로미오   오, 줄리엣! 그대가 느끼는 기쁨이

내 것만큼 크면, 그것을 과시할 기술이

나보다 많다면, 목소리로 주변 공기를

감미롭게 만들고, 그 풍성한 음악으로

이 귀한 만남에서 우리 서로 주고받는

상상 속의 행복을 드러내 보여주오.

줄리엣 말보다 내용으로 가득한 상상력은

장식이 아니라 본질을 뽐내는 법이에요.

거지들은 자신의 값을 헤아릴 수 있겠지만

진실한 내 사랑은 한없이 크게 자라

그 재산의 절반도 계산할 수 없답니다.

로렌스 수사 자, 같이 가서 이 일을 재빨리 해치우자.

성스러운 교회가 너희 둘을 한 몸으로 만들 때까지

유감이지만 너희를 같이 둘 수가 없구나.

함께 퇴장.

제3막

3막 1장

머큐시오, 벤볼리오 및 하인들 등장.

벤볼리오   머큐시오, 부탁인데 이제 돌아가자.

날은 덥고 캐퓰렛 놈들이 돌아다녀.

만나면 싸움을 피할 수 없을 거야

이렇게 더운 날엔 미친 피가 끓으니까.

머큐시오   넌 선술집에 들어가 탁자 위에 자기 칼을 내던

지며

"네가 필요할 일이 절대 없게 되길 바란다."라고

말하는 녀석과 똑같아. 그러다가 두 잔쯤 마시고

술기운이 돌면 술 뽑는 친구에게 칼을 뽑지.

그럴 필요가 정말 없는데도 말이야.

벤볼리오 내가 그런 자와 똑같다고?

머큐시오 그렇고말고. 넌 이탈리아의 어떤 사내 못지않게

성질이 괄괄해. 그리고 화를 돋우면 바로 성을

내고 바로 성깔을 부려.

벤볼리오 그런 사람은 하나도 없어.

머큐시오 없지. 만약 그런 사람이 둘씩이나 있다면

어떻게 되겠어? 바로 없어질 거야. 서로 죽일 테니까.

너 말이야? 아니, 넌 어떤 사람의 턱수염이

너보다 털 한 올이 더 많거나 적다며 싸울 거잖아.

넌 어떤 사람이 열매를 깼다고 싸움을 걸 거야.

네 눈이 개암색인 것 말고는 아무런 이유도 없이.

그 눈 말고 어떤 눈이 그런 싸움을 탐지하겠어?

네 머리는 달걀이 알맹이로 꽉 차 있듯이

싸움으로 꽉 차 있어. 하지만 네 머리는 싸움 때문에

달걀처럼 깨지기 쉬워. 또 썩었어. 넌 어떤 사람이

길에서 기침해서 햇볕 쬐며 자고 있는

네 개를 깨웠다고 싸웠잖아. 양복장이 하나와는
부활절이 오기도 전에 새 저고리를 입었다고 싸우고
또 하나와는 새 구두에 낡은 리본을 달았다고 다투었
잖아?

그러면서 내게는 싸움을 멀리하라고 가르치는 거야?

벤볼리오 내가 만일 너처럼 툭하면 싸운다면 내 생명의
절대 소유권은 누구나 살 수 있는 1시간 15분짜리밖에
안 될 거야.

머큐시오 절대 소유권이라! 순진하긴!

티볼트, 추종자들 등장.

벤볼리오 골치 아프게 됐군. 캐퓰렛 놈들이 나타났어.

머큐시오 밟아버려. 무슨 상관이야.

티볼트 내 뒤를 바짝 따라와. 놈들에게 말을 걸 테니.
안녕하십니까! 아무나 한 분께 한마디만 드리죠.

머큐시오 우리 중 한 명에게 한마디만? 거기에
하나 덧붙여 한마디와 한 방으로 만드시겠지.

티볼트 기회만 준다면 기꺼이 그렇게 할 수 있다는 걸
　　아실 겁니다.

머큐시오 주지 않은 기회를 만들어낼 수는 없습니까?

티볼트 머큐시오, 넌 로미오와 한패니까…….

머큐시오 패거리라고? 아니, 넌 우리를 악사 나부랭이로
　　취급하는 거야? 우리를 악사로 취급한다면 불협화음
　　밖에
　　못 들을걸. 이게 내 활이고
　　이게 널 춤추게 할 거야. 패거리라니, 제기랄!

벤볼리오 여기는 사람들이 자주 찾는 장소야.
　　조용한 곳으로 자리를 옮기든지
　　아니면 차분하게 불만을 설명해봐.
　　안 그러면 떠나자, 모두 우릴 주목하고 있어.

머큐시오 사람 눈은 보라고 있는 건데 주목하라지.
　　난 누가 뭐래도 꼼짝하지 않을 거야.

로미오 등장.

티볼트 그럼 잘 지내시지, 내 사람이 왔으니까.

머큐시오 그가 네놈 집의 종이라면 내 목을 내놓겠다.

참, 결투장엔 먼저 가요. 그가 따를 테니까.

그래야 나리께서 '내 사랑' 운운할 수 있겠지요.

티볼트 로미오, 너에 대한 내 사랑은 있지만

이보다 좋은 말은 못 하겠다. 넌 상놈이다.

로미오 티볼트, 너를 사랑해야 할 이유가 있어서

그 인사가 일으키는 분노 대부분을

꾹 누그러뜨리겠어. 난 상놈이 아니다.

그러니까 잘 가라. 넌 나를 몰라보는 것 같으니.

티볼트 이 자식! 그런다고 내게 췄던 모욕을

용서받지 못할 것이다! 돌아서서 칼을 뽑아.

로미오 단언컨대 나는 너를 절대 모욕한 적 없고

내 사랑의 이유를 네가 알아낼 때까지

네 상상을 넘을 만큼 사랑하고 있단다.

그러하니 훌륭한 캐퓰렛, 나는 그 이름을

내 것만큼 소중하게 여기니까, 이해해라.

머큐시오 오, 조용하고 비열하고 더러운 복종이다!

단 일격에 이기겠군. (칼을 뽑는다.)

쥐나 잡는 티볼트, 저쪽으로 가보실까?

티볼트 나한테 무슨 볼일이신지?

머큐시오 고양이의 왕이시여. 당신의 아홉 목숨 가운데
단 하나를 원하오. 감히 그걸 빼앗고 또 지금부터
날 어떻게 대하는지에 따라서 나머지 여덟 개도
요절낼 참이오. 칼귀를 붙잡고 칼집에서 뽑아낼 거지?
서둘러. 안 그러면 칼집에서 나오기도 전에 내 칼이
네 귀 근처로 갈 테니까.

티볼트 내가 상대하지. (칼을 뽑는다.)

로미오 머큐시오, 제발 검을 집어넣어.

머큐시오 자, 전방 공격을 해보시지. (둘이 싸운다.)

로미오 벤볼리오, 칼을 뽑아. 이들의 검을 쳐서 떨어뜨리
게 해.
자네들 이렇게 난폭하게 굴다니 창피하지도 않나.
싸움을 멈추게. 티볼트, 머큐시오! 영주께서 특명으로
베로나 거리에서 치고받지 말라고 하셨네. (로미오가 둘
사이에 끼어든다.)

멈춰라, 티볼트! 이보게 머큐시오! (티볼트가 로미오의 팔

　밑으로 머큐시오를 찌른다.)

　　　　　티볼트, 추종자들과 함께 퇴장.

머큐시오　난 찔렸어.

　망할 놈의 두 집구석, 다 염병에나 걸려라! 난 끝났어.

　그는 갔어? 상처 하나 없이 멀쩡하게?

벤볼리오　이런! 너 찔렸어?

머큐시오　그래, 할퀴었어, 할퀴었어. 근데 꽤 깊은데.

　내 시동, 어딨어? 야, 이놈아! 의사를 불러와. (시동이 퇴

　장한다.)

로미오　자, 기운 내. 별거 아닌 상처야.

머큐시오　그래, 우물만큼 깊지도 교회 문만큼 넓지도 않

　지만

　이걸로 충분해, 목적을 달성할 테니까. 내일 나를

　찾아봐. 무덤의 송장이 됐을 테니. 난 이 세상에선

　볼 장 다 봤어. 장담하지. 너희 두 집안 다 염병에나 걸

려라!

제기랄. 개새끼, 쥐새끼, 고양이 새끼가

사람을 할퀴어 죽게 해! 검술 교재 따라 싸우는

떠버리 불한당 상놈이! 도대체 넌 왜 우리 사이에

끼어들었어? 네 팔 밑으로 찔렸잖아.

로미오   난 다 좋게 해결하려고 했어.

머큐시오   누구네 집이든 데려다줘, 벤볼리오.

기절할 것 같아. 두 집안 다 염병에나 걸려라!

날 구더기 밥으로 만들었어. 난 당했어.

게다가 늘씬하게, 두 집안 때문이야.

머큐시오와 벤볼리오 함께 퇴장.

로미오   영주의 가까운 친척이며 내 친구인

신사가 이렇게 치명상을 입었다.

나를 위하다가……. 내 명예도 손상을 입었다.

한 시간 전부터 내 친척이 된 티볼트.

티볼트의 모독으로! 오, 사랑하는 줄리엣,

난 그대의 아름다움 때문에 약해졌고
강철 같은 내 용맹도 부드러워졌어.

벤볼리오 등장.

벤볼리오 오, 로미오, 로미오! 용감한 머큐시오가 죽었어.
여기서 너무 일찍 이 세상을 비웃었던
늠름한 그 영혼은 구름 위로 솟고 말았어.
로미오 오늘의 불길한 운명은 앞날에 걸쳐 있고,
다른 날 끝나야 할 슬픔은 시작일 뿐이다.

티볼트 등장.

벤볼리오 격분한 티볼트가 되돌아오고 있어.
로미오 의기양양해서 오는구나. 머큐시오는 살해됐고!
사려 깊은 너그러움이 하늘로 솟고 말았어.
광기여, 불길은 네 눈으로 이제부터 날 인도하라!
자, 티볼트. 조금 전에 네가 내게 주었던

그 상놈을 되받아라. 머큐시오의 영혼이

우리 둘의 머리 위 근처에서 맴돌며

저승동무가 될 네 영혼을 기다리고 있으니까.

너나 나, 아니면 둘이서 그와 함께 가야 한다.

티볼트　그와 한패인 불행한 네 녀석을

함께 가게 해주지.

로미오　(칼을 뽑으며) 이걸로 결정하자. (둘이서 싸우다가

티볼트 쓰러진다.)

벤볼리오　로미오, 도망쳐. 달아나!

사람들이 모여들 거야. 티볼트는 살해됐어!

멍하게 서 있지 마. 붙잡히면 영주께서

사형을 내리신다. 여기서 도망쳐, 달아나!

로미오　오, 난 운명의 노리개다.

벤볼리오　왜 그러고 서 있어? 어서 가.

로미오 퇴장.

시민들 등장.

시민 1 머큐시오를 죽인 자는 어디로 사라졌소?

　살인자 티볼트는 어디로 달아났소?

벤볼리오 티볼트는 저기 쓰러져 있소.

시민 1 이봐, 일어나. 같이 가요.

　영주의 이름으로 명령하니 따르시오.

　　　　군주, 몬터규, 캐풀렛, 두 부인 등 모두 등장.

영주 이 고약한 소동을 일으킨 자들은 어디 있느냐?

벤볼리오 오, 영주님. 제가 이 치명적인 싸움의

　전말을 다 밝힐 수 있습니다.

　영주님의 친척인 용감한 머큐시오를 죽이고

　로미오 손에 죽은 사람이 저기 누워 있습니다.

캐풀렛 부인 내 조카 티볼트! 아, 오빠의 아들이다!

　오, 영주시여! 오, 남편이여! 오, 소중한 제 친척이

　피를 흘렸습니다! 공정한 영주시여,

　우리 피의 대가로 몬터규의 피를 흘리게 하소서.

　오, 조카야, 조카야!

영주 벤볼리오, 누가 이 혈투를 시작했나?

벤볼리오 살해된 티볼트요. 로미오가 살해했죠.

로미오는 그에게 이 싸움이 얼마나 하찮은지

생각해보라 했고, 더불어 영주님의 노여움을

역설하였습니다. 이 모두를 부드럽고

차분하게 허리 굽혀 정중하게 말했으나

화해에 귀를 막은 티볼트의 사나운 역정을

잠재울 순 없었고, 날카로운 그의 칼은

용감한 머큐시오의 가슴을 향했는데

못지않게 화가 난 그도 살기등등 대적하며

무사다운 냉소로 차가운 죽음을

한 손으로 막은 머큐시오가 다른 손으로

티볼트에게 다시 보냈지만 그 또한 민첩하게

맞받아쳤답니다. 로미오는 큰 소리로

"그만 둬, 친구들, 떨어져!" 하고 외치면서 팔을 들어

혀보다 더 빠르게 두 칼끝을 쳐 내리며

둘 사이로 돌진했고, 그의 팔뚝 밑으로

악의에 찬 티볼트가 건장한 머큐시오를 찔러

명줄을 끊었습니다. 그다음 도망을 갔다가
곧바로 되돌아와 로미오를 만났는데,
로미오 또한 새롭게 복수심을 품었기에
두 사람은 번개처럼 맞붙었고 건장한 티볼트는
제가 둘을 떼어놓기도 전에 살해됐습니다.
그가 땅에 쓰러지자 로미오는 도망갔습니다.
이 사실이 허위라면 저를 죽여주십시오.

캐풀렛 부인 이자는 바로 그 몬터규의 친척으로
정에 끌려 거짓되고 진실하지 못합니다.
이 음흉한 싸움에는 스무 명의 젊은이가 관련됐고
스무 명이 죽인 건 한 명의 목숨뿐입니다.
바라옵건대 정당한 처벌을 내려주십시오.
티볼트를 살해한 로미오가 살아서는 안 됩니다.

영주 머큐시오를 죽인 그를 로미오가 살해했다.
귀한 피의 대가를 누가 치를 것인가?

몬터규 로미오는 아닙니다. 머큐시오의 친구니까.
잘못이 있다면 티볼트의 목숨을 법 대신
끊은 것뿐입니다.

영주　바로 그 죄를 물어

나는 이곳에서 지금 즉시 그를 추방한다.

이 무식한 난동으로 내 혈족이 피를 흘렸으니

당신들의 싸움에는 내 몫 또한 있도다.

그렇지만 벌금형을 엄청나게 크게 매겨

모두가 내 손실을 후회하게 만들겠다.

탄원이나 변명 따위는 듣지 않을 것이고

눈물로도 기도로도 면죄부는 못 살 테니

이용 마라. 로미오는 급히 여길 뜨게 하라.

발각되면 그 시간이 마지막이 될 것이다.

시체를 옮겨놓고 내 뜻을 기다려라.

살인자를 용서하는 자비 또한 살인이다.

함께 퇴장.

3막 2장

줄리엣 홀로 등장.

줄리엣 번개같이 발 빠른 말들이여 질주하라.

불붙은 말굽을 단 말들아, 파에톤(태양신 아폴로의 아들

로 하루 말미로 아버지의 불마차를 몰다가 말을 통제하지 못

하여 세상을 불태울 지경에 이르러 제우스에게 죽임을 당했

음) 같은

마부가 잠드는 서쪽 바다로

너희를 채찍질하면서

당장에 어두운 밤 불러오면 좋으련만

사랑을 짓는 이여, 짙은 장막 드리워라.

훼방꾼들 눈을 가려 소리 없이, 소문 없이

로미오가 내 품으로 뛰어들 수 있도록.

연인들은 그들의 아름다움을 등불 삼아

어두운 밤에도 사랑을 나누네.

만약 사랑이 눈먼 것이라면

밤이 가장 어울려. 엄숙한 밤이여. 어서 오라.

온통 검게 차려입은 수수한 부인처럼.

그래서 오점 없는 처녀, 총각 둘이서 벌이는,

지면서 이기는 시합을 나에게 가르쳐라.

네 검은 외투로 남편 없이 달아오른

내 뺨을 가려라. 수줍은 사랑이 용감해져

참사랑이 순결을 움직였다고 생각하도록.

밤이여, 어서 오고, 밤중의 낮 로미오여, 오세요.

그대는 까마귀 등 위의 첫눈보다 더 희게

밤의 두 날개 위에 누워 있을 테니까.

검은 얼굴 사랑 품고 순한 밤아, 어서 와라.

로미오를 내게 주고 이 몸이 죽게 될 때

그이를 잘게 썰어 조각별을 만들어라.
그러면 온 하늘은 너무나 찬란하여
세상 사람 모두가 밤을 사랑할 것이며
현란한 태양은 숭배하지 않을 것이다.
오, 난 사랑이라는 이름의 저택을 샀으나
소유하지는 못했고, 그이에게 팔렸으나
즐거움은 아직 없다. 오늘은 지루하기
한량이 없구나. 축제 있기 전날 밤에
새 옷을 받았으나 입지 못하는
초조한 아이처럼. 아, 유모가 저기 오네. (줄사다리를 앞
에 든 유모, 두 손을 쥐어짜며 등장한다.)
소식을 듣고 왔겠지. 말이야 누구나 다 하지만
로미오란 이름은 천상의 목소리가 될 거야.
유모, 무슨 소식이야? 손에 든 건 또 뭐야?
로미오가 가져가란 밧줄이지?

유모 밧줄은 맞아요.

줄리엣 아이참, 소식은? 소식은 왜 쥐어짜?

유모 아이고, 그이가 죽었어요. 죽었어, 죽었어.

아가씨, 우리는 망했어요. 망했어.

어쩌나, 떠났어요. 살해됐고 죽었어요.

줄리엣 설마, 하늘이 그렇게 무정해?

유모 하늘은 안 그래도

로미오는 그래요. 오, 로미오.

누가 그걸 생각이나 했겠어요? 로미오.

줄리엣 유모, 악귀처럼 날 이렇게 괴롭힐 거야?

이건 아비지옥에서나 울려 퍼질 고문이야.

로미오가 자결했어? "네.[같은 발음을 가진 세 단어(eye, I,

ay)로 하는 말장난을 살려 옮김]"라고 말만 해줘.

나는 그 한마디에 쳐다보면 죽는다는

독사의 눈보다 더 심한 독기를 받을 거야.

그런 "네"가 있거나, 그이가 두 눈을 감았기에

그런 "네"가 나왔다면 난 내가 아니야.

죽었으면 "네." 하고, 아니라면 "아뇨." 해.

짧은 말이 행불행을 결정할 테니까.

유모 상처를 봤어요. 내 눈으로 보았다고요.

하느님 맙소사! 사나이 가슴의 여기가

불쌍한 피투성이로……. 불쌍한 시체는

재, 재처럼 창백했고 온몸은 피범벅에

엉긴 피를 덮었어요. 난 보고 기절했다고요.

줄리엣 오, 내 심장아, 터져라. 빈털터리, 곧 터져라!

두 눈은 감옥 가고 절대 자유 못 보리라.

천한 흙은 흙이 되고 동작은 곧 멈춰라.

흙과 함께 로미오여, 무거운 관 눌러주오!

유모 오, 티볼트, 티볼트, 절친한 내 친구여!

오, 예의 바른 티볼트, 정직한 신사여,

내가 당신 죽음을 살아서 볼 줄이야.

줄리엣 무슨 폭풍이 이리 정반대로 부는 거지?

로미오가 살해되고 티볼트도 죽었어?

가장 소중한 내 사촌과 더 소중한 내 남편이?

그렇다면 무서운 나팔은 종말을 울려라.

그 둘이 떠났다면 산 사람은 없을 테니

유모 티볼트는 떠나갔고 로미오는 추방이요.

그를 죽인 로미오. 그이는 추방이오.

줄리엣 오, 하느님! 로미오가 티볼트의 피를 흘려?

유모 그랬어요, 그랬어. 아이고, 그랬어요!

줄리엣 오, 그 잘생긴 얼굴 뒤에 독사의 마음을

숨기고 있었다니!

그렇게 아름다운 얼굴에 용(서양권의 용은 탐욕스런 괴물

의 이미지임)이 살았던 걸까?

아름다운 폭군이여, 천사 같은 악마여,

비둘기의 깃털을 단 까마귀여!

늑대처럼 탐욕스러운 어린 양이여!

최고신의 모습 갖춘 혐오스러운 실체여!

올바른 겉모습과 정확히 반대구나.

저주받은 성자여, 명예로운 악한이여!

오, 조물주여, 당신은 어째서 향기로운 육신의

사라지는 낙원 속에 지옥에서 가져온

마귀의 영혼을 집어넣은 것입니까?

그렇게 저급한 내용을 그토록 아름답게

담은 책이 있을까? 오, 그렇게 화려한 궁전에

거짓이 머물다니!

유모 신뢰도 믿음도 정직함도

남자들에겐 없답니다. 모두가 위증하고
거짓되며 사악한 사기꾼들이에요.
아, 내 하인이 어디 갔지? 독한 술 좀 가져와라.
이런 고뇌, 이런 비탄, 이런 슬픔으로 내가 늙어.
빌어먹을, 로미오.

줄리엣 그러길 바라는 혓바닥은
갈라 터져버려라. 빌어먹지 않을 거야.
그의 이마는 그런 치욕이 가까이할 만한 곳이 아니에요.
그곳은 영예가 온 세상의 군주로서
왕관 쓰고 자리 잡는 옥좌이기 때문에.
오, 내가 그이를 꾸짖다니 짐승 같은 짓이었어.

유모 사촌을 죽인 사람을 좋게 말할 거예요?

줄리엣 그럼 내가 내 남편을 나쁘게 말해야 해?
아, 불쌍한 서방님, 세 시간 전에 당신의
아내가 된 나도 당신 이름을 구겼는데 그 누가 펴줄까요?
하지만 몹쓸 사람, 내 사촌을 왜 죽였나요?
그 몹쓸 사촌이 내 남편을 죽이려 했을 거야.
어리석은 눈물아, 원천으로 돌아가라.

네 몸을 떨어뜨려 바칠 곳은 비탄인데.

기쁜 일에 잘못 알고 내놓으려 하는구나.

티볼트가 살해할 뻔했던 내 남편은 살았고

내 남편을 살해할 뻔했던 티볼트는 죽었다.

이 모든 게 기쁨이다. 그런 내가 왜 울지?

티볼트의 죽음보다 나를 더 고통스럽게 하는 단어가

있다.

그것이 날 죽였다. 그것을 잊고 싶지만

오, 죄인 가슴 압박하는 저주받은 악행처럼

그것이 내 기억을 짓누르는구나.

"티볼트는 죽었고 로미오는 '추방'됐다."

'추방' 바로 그 추방이라는 단어로

만 명의 티볼트가 살해됐다. 티볼트의 죽음이

그것으로 끝났다면 충분히 비통한 일이다.

만약 서슬 퍼런 슬픔이 동료애를 발해

비통의 대열에 꼭 끼어야겠다면

"티볼트가 죽었다."라는 유모의 말 뒤에 왜

아버지나 어머니 혹은 부모님의 이야기가 없을까.

티볼트의 죽음 뒤에 "로미오는 추방됐다."라는

말이 따라오다니. 바로 그 한마디에

아버지, 어머니, 티볼트, 로미오, 줄리엣이

모두 죽었다. 다 죽었다! "로미오는 추방됐다."

그 말의 죽음에는 끝이나 한계가 없어서

측정도 제한도 할 수 없다.

이보다 더 비통한 말이 없구나.

유모, 아버지와 어머니는 어디에 계시지?

유모 티볼트의 시신을 놓고 울고불고하세요.

두 분에게 가시려고? 모셔다드릴게요.

줄리엣 눈물로 상처를 씻으셔? 그 눈물이 마르면

내 눈물은 로미오의 추방을 놓고 흘릴 거야.

그 밧줄을 집어주렴. (유모가 밧줄을 주워 건넨다.) 불쌍한

밧줄아, 너는 속았다.

너와 난 속았어. 로미오는 유배되었으니까.

그는 내 침실로 오는 길을 내고자 널 만들었어.

하지만 난 처녀이자 과부로 죽는단다.

자, 밧줄아. 자, 유모. 나는 신방에 갈 테니

죽음이여, 로미오 대신에 내 처녀성을 가져라.

유모 방으로 빨리 가요. 아가씨를 위로해줄

로미오를 찾을게요. 어딨는지 잘 압니다.

잘 들어요. 로미오가 밤에 여기 올 겁니다.

그에게 가볼게요. 로렌스 수사의 거처에 숨어 있을 거

예요.

줄리엣 오, 찾아봐! (반지를 유모에게 건네며) 이 반지를

나의 진실한 기사에게 전하고

마지막 작별인사를 하러 오라고 해줘.

함께 퇴장.

3막 3장

로렌스 수사 로미오, 이리 나오너라. 겁에 질린 젊은이여.

　　고통의 원인이 너의 어느 부분을 현혹했고

　　그래서 너는 재앙과 맺어진 거란다.

　　　　　　　　로미오 등장.

로미오 신부님, 무슨 소식이 있습니까? 영주님의 심판은요?

　　제가 아직 모르는 어떤 슬픔이

　　제 손에 닿기를 갈망하나요?

로렌스 수사 사랑하는 나의 아들은 이미

슬픔과 너무 친숙하구나.

너에게 영주님의 심판 소식을 가져왔다.

로미오   최후 심판이 아니라면 무슨 심판인데요?

로렌스 수사   관대한 판결이 그 입에서 나왔단다.

육신의 죽음이 아니라 육신의 추방이다.

로미오   하! 추방이라! 자비롭게 '죽음'이라 하세요.

유배형은 사형보다 훨씬 더 그 모습이

끔찍해요. '추방'이란 말 마세요.

로렌스 수사   너는 이곳 베로나에서 추방됐다.

참아라. 이 세상은 크고도 넓으니까.

로미오   베로나 성벽 너머 딴 세상은 없습니다,

연옥과 고문과 지옥 말고는.

그러므로 '추방'은 세상에서 추방이고

세상에서 유배는 죽음이죠. 그래서 '추방'은

죽음의 오기이지요. 죽음을 '추방'이라 부르면서

신부님은 제 머리를 금도끼로 자른 다음

저를 죽인 일격에 미소 짓고 있는 거랍니다.

로렌스 수사   오, 지독하게 나쁜 죄! 오, 무례한 배은망덕!

네 잘못은 사형인데 영주께서

자비를 베풀어 법을 밀쳐버리고

'죽음'이란 험한 말을 '추방'으로 바꾸셨다.

이건 정말 자비인데 넌 그걸 보지 못해.

로미오 자비가 아니라 고문이죠. 줄리엣이 사는 곳,

여기가 천국이고 모든 개와 고양이

어린 생쥐까지 가치 없는 모든 것도

이 천국에 살면서 그녀를 보건만

로미오만 못 봐요. 쉬파리조차도

로미오를 능가하는 가치와 지위와

궁중 예법이 있답니다. 놈들은 줄리엣의

놀라운 흰 손을 붙잡고, 맞닿음도 죄인 양

순결하고 정결한 수녀의 겸손으로

항상 붉게 물드는 그녀의 입술에서

불멸의 축복을 훔쳐낼 수 있건만

로미오는 못 그래요. 그는 추방됐습니다.

쉬파리도 하는데 전 그걸 피해야만 합니다.

놈들은 자유이지만 저는 추방됐습니다.

그런데도 유배가 죽음이 아니란 말입니까?

조제 독약이 없어서, 날 선 칼이 없어서

추하지 않게끔 급사시킬 방법이 없어서

'추방'으로 절 죽여요? '추방'이라고요?

오, 수사님 그 말은 울부짖음과 함께

지옥에서 쓴답니다. 무슨 마음을 먹었기에

성직자이면서 고해성사를 받는 분이,

죄를 사면하는 분이, 친구라고 밝힌 분이

'추방'이라는 말로써 저를 짓이깁니까?

로렌스 수사   어리석은 미치광이여, 내 말 좀 들어봐라.

로미오   오, 또다시 추방 얘기를 하시려고요?

로렌스 수사   그 말을 막아줄 갑옷을 네게 주마.

역경의 달콤한 우유인 철학으로

추방은 당했지만 너를 위로해주마.

로미오   아직도 추방이요? 철학이라고요!

철학으로 줄리엣을 만들어내거나

도시를 옮기거나 군주의 판결을 뒤집지 못한다면

도움도 납득도 안 됩니다. 관두세요.

로렌스 수사 오, 미치면 안 들린다는 그 말이 맞았어.

로미오 어떻게 듣겠어요. 현자가 못 보는데?

로렌스 수사 우리 함께 네 처지에 대해 논의해보자꾸나.

로미오 본인이 느끼지도 못하는 걸 말할 순 없어요.

　　당신이 저처럼 젊은데 줄리엣이 아내이고,

　　결혼한 지 한 시간 만에 티볼트는 살해됐고,

　　저처럼 사랑에 빠졌고, 저처럼 추방된 상태라면

　　지금 저처럼 얘기하고 지금 제 행동처럼

　　머리칼 쥐어뜯고 땅바닥에 드러누워

　　파야 할 무덤의 크기를 재어보고 있겠지요.

로렌스 수사 일어나, 누가 왔어. 로미오, 몸을 숨겨.

로미오 아닙니다. 안타까운 신음의 입김이

　　안개처럼 날 못 찾게 감싸주지 않는다면. (노크 소리)

로렌스 수사 심하게 두드리네. 누구요? 로미오, 일어나.

　　붙잡혀 갈 거야. 잠깐만요! 일어서! (노크 소리)

　　내 서재로 달려가. 곧 갑니다. 이거야 원.왜 이렇게 어리

　　석어? 갑니다, 간다고요. (노크 소리)

　　누군데 그리 두들기는 거요? 어디서? 왜 왔어요?

유모 (안에서) 들어가게 해주시면 말씀드리겠어요.

저는 줄리엣 아가씨가 보냈어요.

로렌스 수사 그럼 어서 오시오. (문을 열어준다.)

유모 등장.

유모 오, 수사님! 말씀 좀 해주세요, 수사님.

아가씨의 부군 로미오는 어디 있어요?

로렌스 수사 제 눈물에 취해 저기 저 땅바닥에…….

유모 오, 아가씨가 보여준 바로 그 모습이네.

꼭 같은 모습이야. 오, 비통의 일치야.

비통의 곤경이야! 그녀도 꼭 저렇게 누워서

울고불고 불고울고 그러고 있답니다.

일어나요, 일어나 남자답게 일어서요.

줄리엣을 위해, 그녀를 위해 일어서요.

그렇게 깊은 구렁 속에는 왜 빠져 있어요?

로미오 유모! (일어선다.)

유모 예, 예. 죽으면 다 끝이에요.

로미오   줄리엣과 얘기했지요? 기분은 어떻대요?

　나를 닮고 닮은 살인자로 생각하나요?

　내가 방금 그녀와 멀지 않은 친척의 피로

　갓 움튼 우리의 기쁨을 물들여놨으니까.

　어디 있어요? 어떤가요? 숨통 끊긴 우리 사랑.

　숨겨놓은 내 아내는 뭐라고 말했어요?

유모   오, 아무 얘기 안 하시고 울고 또 울다가

　침대에 엎어졌다가 벌떡 일어나서는

　티볼트를 부른 다음 "로미오"를 외치고

　다시 엎어지고 그래요.

로미오   이건 마치 '로미오'라는 이름이

　무섭게 정조준된 포구에서 발사되어,

　그 이름의 욕된 손이 그녀의 친척을 살해했듯

　그녀를 살해한 것 같구나. 오, 수사님. 말해줘요.

　이 몸의 어느 추한 부분에 제 이름이

　머물고 있는지 말해줘요. 그 미운 저택을

　부숴버릴 테니까.

로렌스 수사   멈춰라. 그 무모한 손!

네가 과연 남자냐? 생긴 꼴은 그렇다만
네 눈물은 여자 같고 네 거친 행동은
짐승의 비이성적 광기가 서렸구나.
남자처럼 보이는데 볼품없는 여자이고
둘 다인 것 같은데 보기 흉한 짐승이라.
넌 정말 놀랍구나. 내 성직에 맹세코
나는 네 성품이 이보다는 좋은 줄 알았다.
티볼트를 죽였어? 자결할 작정이냐?
그래서 네 생명 안에 있는 네 아내를
저주받은 자해로 죽이려 하느냐?
네 출생과 하늘과 땅, 왜 원망하느냐?
한꺼번에 잃겠다는 네 출생과 하늘과 땅.
세 가지가 한꺼번에 네게로 모였는데.
허, 네 모습과 네 사랑과 네 지능이 창피하다.
그 모두가 풍족한데 고리대금업자처럼,
정말로 써야 할 때, 네 모습과 사랑과 지능을 장식해야
할 때는 하나도 안 쓰다니.
남자의 용맹함, 거기에서 벗어나면

고귀한 네 모습도 밀랍인형일 뿐이고
간직하길 맹세했던 그 사랑을 저버리면
소중한 네 사랑도 허황한 위증일 뿐이며
네 모습과 네 사랑의 장식품인 네 지능도
앞선 둘의 잘못된 처신으로 망가지고 만다.
미숙한 군인의 화약통에 든 화약이
자신의 부주의로 불붙고 폭발하여
자기방어 수단으로 사지가 찢어지는 것처럼.
어허, 정신 차려! 소중한 줄리엣을 위해!
좀 전에 넌 죽으려 했는데 그녀는 살아 있어.
그래서 넌 운이 좋아. 널 죽이려고 했던
티볼트를 살해했어. 그래서 넌 운이 좋아.
사형으로 위협했던 국법이 친구가 되어
추방을 내놓았다. 그래서 넌 운이 좋아.
축복은 떼를 지어 너에게 몰려오고
행복은 최고의 옷을 입고 너에게 구애한다.
그런데 넌 버릇없고 무뚝뚝한 처녀처럼
네 행운과 연인을 못마땅해하는구나.

조심해. 그러다가는 비참하게 죽으니까.

약속했던 그대로 아내에게 가보거라.

침실로 올라가. 어서 가서 위로해주려무나.

하지만 파수를 설 때까진 머물지 마.

그럼 넌 만투아로 건너가지 못하니까.

넌 거기서 살아야 해. 우리가 때를 봐서

네 결혼을 발표하고 친구들을 화해시키고

영주님께 사면을 청해 떠날 때의 슬픔보다

백만 배의 기쁨으로 너를 불러올 때까지.

유모는 앞서가게. 아가씨께 안부하고

온 집안사람을 일찍 재우라고 하게나.

깊은 슬픔 때문에 기꺼이 그리할 테니까.

로미오가 갈걸세.

유모   어머나, 밤새 여기 남아서 훌륭한 충고를

들었으면 좋겠네. 오, 아는 것도 많으셔라.

로미오 님, 아가씨께 얼른 가서 오신다고 알릴게요.

로미오   그렇게 해요. 꾸중할 준비도 하고요. (유모가 가려

다가 되돌아온다.)

유모 여기요. 아가씨가 전하라던 반지예요.

　서둘러 오세요. 벌써 많이 지체됐답니다. (퇴장한다.)

로미오 이걸 보니 얼마나 위안이 되는지.

로렌스 수사 가보거라. 잘 자고. 네 상황은 이렇다.

　파수를 서기 전에 이곳을 떠나든지

　동틀 녘에 변장하고 여기를 떠나

　만투아에 체류해. 나는 네 하인을 찾아서

　여기서 일어나는 좋은 일은 모두

　수시로 너에게 알리도록 하겠다.

　악수하자. 늦었다. 잘 가고 좋은 밤 보내거라.

로미오 크나큰 기쁨이 절 부르지 않는다면

　이런 급한 작별은 슬픔일 것입니다.

　안녕히 계십시오.

로미오 퇴장.

3막 4장

캐풀렛, 캐풀렛 부인, 파리스 등장.

캐풀렛 뜻밖의 불행한 일이 일어나

우리 딸을 설득할 시간이 없었다네.

이보게. 그 애는 티볼트를 지극히 사랑했고

나 또한 그렇다네. 하긴, 태어나면 죽는 거지.

상당히 늦었네. 오늘 밤 그 애는 안 내려와.

단언컨대 난 손님이 자네가 아니었더라면

한 시간 전에 벌써 잠자리로 갔을걸세.

파리스 비탄의 시간에 구애할 시간은 없군요.

마님, 따님에게 안부 전해주십시오.

캐풀렛 부인 그러지. 아침 일찍 딸아이 뜻도 알아보겠네.

그 애는 오늘 밤 무거운 시름에 갇혀 있어. (파리스가 가

려는데 캐풀렛이 그를 다시 부른다.)

캐풀렛 파리스 백작. 내 자식의 혼사에 대하여,

절박한 제안을 하겠네. 그 애는 모든 걸

내 결정에 맡길 것 같은데. 그럼, 틀림없어.

여보, 잠자러 가기 전에 줄리엣에게 가보시오.

내 사위 파리스의 사랑을 알려주고

그 애에게 (파리스에게) 어떻소? (부인에게) 다가오는 수

요일에

(파리스에게) 잠깐만, 오늘이 무슨 요일이던가?

파리스 월요일이요.

캐풀렛 월요일! 하하! 하긴, 수요일은 너무 일러.

그럼 목요일로 하자고. (부인에게) 목요일에 그 애가

이 백작과 결혼할 거라고 전하시오.

(파리스에게) 자네는 준비되나? 이렇게 서둘러도 좋은가?

친구 한둘 정도 부르면 큰 법석은 없을 걸세

들어보게. 티볼트가 살해된 게 최근인데
너무 흥청거리면 우리가 친척인 그 애를
소홀히 여긴다고 생각할 테니까.
그래서 아는 사람 여섯 정도 부르고
그걸로 끝일세. 그런데 목요일은 괜찮은가?

파리스   네. 저는 그 목요일이 내일이었으면 합니다.

캐풀렛   그렇다면 가보게. 목요일로 하겠네.
　(부인에게) 당신은 자기 전에 줄리엣에게 가서
혼인날에 대비하여 준비를 시키시오.
잘 가게, 백작. 여봐라. 방에 횃불 가져오너라!
그거참, 시간이 너무 늦었군. 이제 곧
새벽이라 말해도 될 것 같아. 잘 가게.

모두 퇴장.

3막 5장

로미오와 줄리엣, 위쪽 창문에서 등장.

줄리엣 가려고요? 날은 아직 밝지도 않았는데

걱정하는 당신의 텅 빈 귀를 꿰뚫은 건

종달새가 아니라 밤꾀꼬리였어요.

밤마다 저기 저 석류나무 위에서 우니까요.

내 말을 믿으세요, 로미오. 밤꾀꼬리였어요.

로미오 종달새였다니까, 아침이 오는 것을 알리는 전령.

나이팅게일이 아니오. 저 봐요, 저 건너 동녘에

시샘하는 빛살이 터진 구름 수놓는 것을.

밤 촛불은 다 꺼지고 유쾌한 낮의 신이

안개 낀 산마루에 발끝으로 서 있다오.

난 가서 살거나 남아서 죽어야만 하오.

줄리엣 저 빛은 햇빛이 아니란 걸 알아요.

그래요, 저것은 태양이 내뿜는 혜성으로,

오늘 밤 당신 위해 횃불잡이 노릇을 하며

만투아로 가는 길을 밝히려는 거예요.

그러니까 머물러요, 갈 필요 없어요.

로미오 그렇다면 잡혀도 좋고, 죽어도 좋소.

당신이 그러기를 원한다면 만족하오.

나는 저 햇빛이 아침의 눈망울이 아니라

창백한 달님의 이마에 반사한 것뿐이며

저 높은 곳에서 노래로 창공을 울리는 게

종달새가 아니라고 우겨 말할 테니까.

난 가려는 의지보다 머물 마음이 더 많소.

죽음이여 어서 와라! 줄리엣의 뜻이다!

어떻소? 여보? 날은 밝지 않았소. 얘기해보오.

줄리엣 밝았어요, 밝았어! 어서 여길 떠나세요.

거슬리는 불협화음, 불유쾌한 올림표로

엉망진창 노래하는 저것은 종달새랍니다.

종달새는 고운 음을 분산 연결한다는데

저것은 못하네요. 우릴 떨어지게 하니까.

종달새와 역겨운 두꺼비가 눈을 바꿨다는데

오, 서로의 목소리도 바꿨으면 좋았을걸.

그 소리에 놀라서 우리 포옹 풀어지고

일어나라 노래하며 당신을 쫓아내니까요.

아, 이제 가세요. 점점 더 밝아지고 있어요.

로미오 날은 점점 밝아지고 우리의 슬픔은 어두워지는군.

유모, 황급히 등장.

유모 아가씨!

줄리엣 왜요, 유모?

유모 마님께서 아가씨 방으로 올라오고 계세요.

날이 밝았으니 조심하고 주변을 살피세요. (퇴장한다.)

줄리엣 그럼 창문아, 아침 빛을 들이고 이분은 내보내줘.

로미오 잘 있어요! 한 번만 키스하고 내려가겠소. (내려간다.)

줄리엣 가셨어요? 여보? 내 남편이자 연인이여.

　매일매일 소식을 줘야 해요. 같은 1시간이라도,

　같은 1분이라도 여러 날이 있으니까요.

　오, 이렇게 셈을 하면 나의 로미오를

　다시 보기 전에 늙어버리겠어요.

로미오 (아래에서) 잘 있어요.!

　줄리엣, 내 인사를 당신에게 전할 수만 있다면

　그 어떤 기회도 놓치지 않을 거요.

줄리엣 오, 당신은 우리가 다시 볼 것 같아요?

로미오 반드시 그럴 거요. 그리하여 이 모든 한탄은

　우리의 미래에 달콤한 얘깃거리가 될 거요.

줄리엣 맙소사. 내 영혼이 액운을 점치네요.

　내 생각엔 당신이 너무 아래에 있어서,

　무덤 안에 누워 있는 죽은 사람 같아요.

　내 눈이 멀었거나 당신이 창백한 거겠지요.

로미오 줄리엣, 내 눈엔 당신도 그렇게 보이오.

　갈증 난 슬픔이 우리 피를 마셨소. 안녕히! (퇴장한다.)

줄리엣 오, 운명아! 모두가 널 변덕스럽다 한다.

네가 변덕스럽다면 신의로 유명한 사람을

어디다 쓰겠느냐? 운명아, 변덕을 부려라.

그리하면 그이를 오래 아니 붙잡고

돌려보낼 테니까.

캐풀렛 부인 애, 줄리엣, 일어났니?

줄리엣 누가 날 부르지? 어머니로구나.

이리 늦도록 안 주무셨나? 너무 일찍 깨셨나?

무슨 별난 까닭으로 방문하신 걸까? (창문에서 내려간다.)

캐풀렛 부인 등장.

캐풀렛 부인 그래, 줄리엣. 좀 어떠냐?

줄리엣 안 좋아요, 어머니.

캐풀렛 부인 사촌이 죽었다고 계속해서 울고 있니?

아니, 눈물로 그 애를 무덤에서 꺼내려고?

그래도 그 애를 살려내진 못할 거다.

그러니 그쳐라. 애통은 사랑의 표시이지만

지나치면 언제나 지각없다는 표시란다.

줄리엣 그래도 상실이 느껴지니 울겠어요.

캐풀렛 부인 상실은 느끼지만 운다 해도 네 사촌은

만질 수 없지 않으냐?

줄리엣 상실을 느낄 때면

사촌을 위해 계속 울지 않을 수 없어요.

캐풀렛 부인 글쎄다. 넌 걔가 죽어서 우는 게 아니라

그 애를 참살한 악당이 살아서 우는 거지.

줄리엣 악당이라니요? 무슨 말씀이신지?

캐풀렛 부인 로미오란 악당 말이다.

줄리엣 (방백) 악당과 그이는 수십 리나 떨어진걸.

신이여 그를 용서하소서! 저도 진정 용서하소서!

(어머니에게) 하지만 그런 사람 때문에 애통하진 않아요.

캐풀렛 부인 역적 같은 살인자가 살아 있기 때문이지?

줄리엣 네, 이 손이 닿을 수 없는 곳에 살고 있어서요.

나 홀로 사촌의 죽음을 복수할 수 있었으면…….

캐풀렛 부인 우리는 복수하게 될 테니 염려 마라.

그러니 그만 울어. 만투아로 사람을 보낼 거야.

바로 그 추방된 떠돌이가 사는 곳으로.

희귀한 독약을 그자에게 먹여서

머지않아 티볼트의 저승길 동무로 만들 거야.

그럼 난 만족할 거라고 믿는다.

줄리엣   저는 로미오를 보기 전까지 절대 만족 못 해요.

죽어 있는 그 사람을 볼 때까지…….

사촌을 위해 애타는 제 마음은 그래요.

어머니, 독약을 가져갈 사람을

찾아만 주신다면 제가 그걸 조절하여

로미오가 받아먹고 곧바로 조용히

잠들게 하겠어요. 오, 그 이름 듣고 나서

내 마음은 이리도 그를 혐오하는데,

사촌을 참살한 그의 몸에 다가가서

사촌을 사랑하는 내 마음의 분풀이를 못 한다니!

캐풀렛 부인   수단을 찾아봐라. 사람은 찾아줄게.

그런데 줄리엣, 이제는 기쁜 소식을 말해주마.

줄리엣   기쁨이 꼭 필요한 때에 맞춰 잘 왔군요.

말씀해보세요, 어머니. 뭔데요?

캐풀렛 부인 그래. 너에게는 자상한 아버지가 계신다.

무거운 네 마음을 덜어주기 위하여

너도 예상 못 했고 나도 기대 못 했지만

뜻밖에도 기쁜 날을 골라놓으셨단다.

줄리엣 참 다행이네요, 어머니. 그게 무슨 날이죠?

캐풀렛 부인 줄리엣, 이번 주 목요일 아침 일찍

씩씩하고 젊고 좋은 가문의 신사인

파리스 백작이 성 베드로 성당에서

널 기쁨에 찬 신부로 만들어줄 거야.

줄리엣 성 베드로 성당과 베드로에게 맹세코

기쁨에 찬 신부로 절 만들진 못합니다.

이렇게 서두르다니 이상해요. 남편 될 사람이

구애도 하지 않았는데 결혼이라니요.

아버지께 말씀드려주세요. 어머니.

전 아직 결혼하지 않을 거라고요. 한다면 맹세코,

파리스보다는 로미오일 겁니다. 제가 싫어하는

로미오 말이에요. 정말 깜짝 놀랄 소식이네요!

캐풀렛 부인 아버지가 오신다. 네가 직접 얘기해봐.

네 말을 어떻게 받아들이시는지 보자.

캐풀렛과 유모 등장.

캐풀렛　해가 지면 땅 위에는 서리가 내린다.
　　하지만 내 형님의 아들이 지고 나니
　　곧바로 비가 오네.
　　줄리엣, 분수라도 된 거냐? 아직도 눈물을
　　끊임없이 퍼붓는구나. 너는 그 작은 몸 하나로
　　배, 바다, 바람을 흉내 내는구나.
　　바다라고 해도 좋을 네 눈엔 언제나
　　눈물이 오락가락하고, 네 몸은 배처럼
　　짠물 위를 항해하고, 네 한숨은 바람처럼
　　눈물과 뒤섞여 맹렬하게 몰아치니
　　급히 고요를 못 찾으면 폭풍 맞은 네 몸은
　　뒤집힐 테지. 그런데 여보,
　　우리의 결단을 딸에게 전했소?
캐풀렛 부인　네, 하지만 싫다며 당신께는 고맙대요.

이 바보는 무덤과 결혼하는 게 좋겠어요.

캐풀렛 잠깐만, 알아듣게, 알아듣게 말해줘요.

뭐라고? 안 한다고? 우리에게 감사 안 해?

반갑지 않다고? 축복으로 생각 안 해?

미흡한 아이를 우리가 노력해

훌륭한 신사를 신랑으로 맞게 해줬는데?

줄리엣 애써주셔서 반갑지는 않으나 고맙기는 합니다.

싫은 것이 절대로 반가울 순 없으나

뜻은 사랑이기에 싫어도 고맙기는 합니다.

캐풀렛 뭐가 어째? 말을 돌려! 이게 뭐지?

"반갑다.", "고맙다."라고 하다가 "고맙지 않다."

"반갑지 않다."라고? 버릇없는 것 같으니.

고맙든 반갑든 다 집어치우고

그 잘난 몸이나 추슬러 이번 주 목요일에

성 베드로 성당으로 파리스와 함께 가.

안 그러면 틀에 묶어 내가 끌고 가겠다.

나가, 누렇게 썩을 년아! 나가, 이 못난 것아!

허연 상관하고는!

캐풀렛 부인 아니, 여보! 미쳤어요?

줄리엣 아버지, 무릎 꿇고 간청을 드리오니

한마디만 제 얘기를 들어주세요. (무릎을 꿇는다.)

캐풀렛 목이나 매거라. 말 안 듣는 못난 것!

내 뜻을 말해주지. 목요일에 성당에 가.

안 그러면 앞으로 내 얼굴 볼 생각 마.

아무 말도, 대꾸도 하지 마라.

손이 근질거리는군. 여보, 하느님이 우리에게

애 하나만 주셔서 복도 없다 그랬잖소.

그런데 이제 보니 하나도 너무 많구려.

우리가 저것을 얻은 게 저주임을 알겠소.

꺼져라, 이 상것아!

유모 하느님, 아가씨를 살피소서.

그런 욕을 하시다니, 주인님, 너무하세요.

캐풀렛 왜지요, 지혜의 마님? 입 다물고 저리로 가서

수다쟁이들과 수다나 떠시지요. 현명 여사!

유모 사악한 말은 안 했어요.

캐풀렛 아, 잠이나 주무시오!

169

유모　저는 말도 못 하나요?

캐퓰렛　조용히 해! 이 옹알이 바보야!

　무게 있는 말씀은 수다 떨 때 하라고.

　여긴 필요 없으니까.

캐퓰렛 부인　너무 흥분하셨어요.

캐퓰렛　원 참 미치겠네! 밤낮으로 일거거나 놀거나

　혼자거나 함께이거나 내 걱정은 언제나

　딸아이의 혼인이었소. 그러다가 마침내

　넓은 토지를 소유하고 젊은 데다 가문도 좋고

　사람들 말처럼 훌륭한 자질로 꽉 찬,

　상상 속의 바람직한 남편상을 모두 갖춘

　귀족 가문 신사를 마련해놓았는데,

　이 망할 것이, 징징 짜는 바보가,

　푸념하는 얼간이가 복이 굴러왔는데도

　"전 결혼 안 해요. 사랑할 수 없어요.

　어려서요, 용서해주세요."라고 대답하다니…….

　하지만 결혼을 안 해도 용서는 하겠다.

　딴 데 가서 빌어먹어. 나와 함께 살지는 못할 테니.

170

신중히 생각해봐. 늘 하는 농담이 아니다.

곧 목요일이야. 가슴에 손을 얹고 심사숙고해봐.

네가 내 것이라면 친구에게 주겠지만

아니라면 목을 매! 구걸해! 굶다가 객사해!

목숨 걸고 나는 너를 절대 인정하지 않을 것이며

내가 가진 어떤 것도 네게 내줄 수 없다.

내 말 명심해. 위증하지 않을 테니. (퇴장한다.)

줄리엣   제 비탄을 바닥까지 굽어 살피시는

동정심의 천사는 구름 위에 없나요?

오, 사랑하는 어머니, 절 버리지 마세요!

결혼을 한 달만, 일주일만 연기해주세요.

아니면 제 신방을 티볼트가 누워 있는

어둑한 석실묘 안쪽에 만들어주세요.

캐퓰렛 부인   난 입을 다물 테니 나한테 얘기 마라.

난 너랑 끝났으니 마음대로 하려무나. (퇴장한다.)

줄리엣   오, 하느님! 오, 유모! 이걸 어떻게 막아내지?

내 남편은 땅 위에, 내 서약은 하늘에 있는데

어떻게 그 서약이 땅으로 돌아오지?

내 남편이 땅을 떠나 하늘에서 그것을

보내오지 않는다면? 위로해줘, 조언해줘!

아, 슬프다. 나같이 연약한 사람에게

하늘이 이렇게 계략을 꾸미다니!

어떡하지? 기쁜 말은 한마디도 못 하겠어?

위로 좀 해줘, 유모.

유모   그럼 이렇게 하세요.

로미오 님은 추방됐으니 세상이 뒤집혀도

아가씨를 요구하러 절대 감히 못 옵니다.

온대도 남몰래 올 수밖에 없지요.

그렇다면 사정이 지금과 같으니까

백작과 결혼하는 게 제일인 것 같아요.

오, 그이는 참 멋진 신사예요.

그에 비해 로미오 님은 볼품없지요. 독수리에게도

파리스의 눈처럼 푸르고 생기 있고

고운 눈은 없답니다. 내가 저주받더라도

두 번째 혼인으로 행복하실 겁니다.

첫째보다 나으니까. 그렇지 않더라도

첫째는 죽었어요. 아니면 여기 살아 있어도

그를 쓰지 못한다면 죽은 거나 다름없죠.

줄리엣 마음에서 우러나온 말이야?

유모 영혼까지 합쳐서요. 아니면 둘 다 빌어먹죠.

줄리엣 아멘!

유모 뭐라고요?

줄리엣 글쎄, 유모는 날 놀랄 만큼 위로해주었어.

들어가서 어머니께 난 로렌스 신부님의 거처로 가서

아버지를 불쾌하게 해드린 걸 고백하고

죄를 사면받으러 갔다고 말씀드려.

유모 네, 그리하지요. 현명하게 처리하신 거예요. (퇴장한다.)

줄리엣 저주받을 할망구. 오, 참으로 사악한 악마여!

내 맹세를 저버리길 바라는 게 더 큰 죄인가?

아니면 그이를 견줄 데 없다고

천 번 만 번 칭찬하던 그 입으로 그이를

헐뜯는 게 더 큰 죄인가? 잘 가라, 조언자여,

내 마음과 유모는 이제부터 남남이야.

수사님께 대책을 알아보러 가야지.

모든 방법을 실패해도 죽을힘은 남아 있다.

줄리엣 퇴장.

제4막

4막 1장

로렌스 수사와 파리스 등장.

로렌스 수사 목요일이라고 하셨습니까?

시일이 매우 촉박하군요.

파리스 장인어른이 되실 캐퓰렛 어르신이 그 날짜를 원

하시오,

저 또한 그분의 재촉을 미룰 이유도 없고요.

로렌스 수사 아직 아가씨의 마음을 모른다고 하지 않으

셨습니까.

순서가 뒤바뀌었군요. 마음이 안 내켜요.

파리스 그녀는 티볼트의 죽음에 한없이 운답니다.

그래서 물어볼 겨를이 없었습니다.

비너스 여신조차 눈물이 흐르는

집안에는 미소를 보내지 않는다고 하지 않습니까.

그런데 그녀 부친께서는 그녀가 슬픔에

너무 크게 흔들리면 위험하다고 생각하여

범람하는 그녀의 눈물을 현명하게 막으려고

우리 결혼을 서두르십니다.

혼자일 땐 울고픈 마음 크게 일어나지만

곁에 누가 있으면 멈출 수 있으니까요.

왜 서두르는지 이제 아셨지요?

로렌스 수사 (방백) 왜 늦춰야 하는지 몰랐으면 좋으련만.

저 봐요, 아가씨가 내 거처로 오는군요.

줄리엣 등장.

파리스 잘 만났소. 내 아가씨 그리고 내 아내여!

줄리엣 그럴지도 모르지요, 만일 내가 당신의 아내가 된다면.

파리스 목요일엔 그 가정이 사실이 될 겁니다.

줄리엣 필연이면 그렇겠지요.

로렌스 수사 그건 맞는 말입니다.

파리스 여기 이 신부님께 고백하러 오셨나요?

줄리엣 답하려면 당신에게 고백해야겠지요.

파리스 날 사랑한다는 걸 부인하지 마오.

줄리엣 나는 그를 사랑한다. 당신에게 고백하죠.

파리스 날 사랑한다는 고백 또한 할 겁니다.

줄리엣 내가 만약 그런다면 당신 몰래 하는 것이,

보면서 하는 것보다 더 가치 있겠지요.

파리스 저런, 눈물이 그대 얼굴을 너무 할퀴었어요.

줄리엣 그래서 눈물이 얻은 건 별로 없죠.

　못살게 굴기 전에 이미 예쁜 얼굴은 아니었으니까.

파리스 얼굴에는 눈물보다 더 나쁜 말이군요.

줄리엣 사실을 말한 것은 비방이 아니에요.

　나는 내 얼굴을 두고서 말한 겁니다.

파리스 그대 얼굴이 내 것인데 그것을 비방했소.

줄리엣 그럴지도 모르지요. 내 것은 아니니까.

지금 좀 짬을 낼 수 있으세요? 신부님.

아니면 저녁 미사 시간에 올까요?

로렌스 수사 지금 짬이 있단다, 수심에 잠겼구나.

백작님, 둘만의 시간을 간청해야겠습니다.

파리스 신앙심을 방해하면 절대로 안 되지요!

줄리엣, 목요일 아침 일찍 깨우겠소.

그때까지 잘 있고, 신성한 이 키스를 간직하오. (퇴장한다.)

줄리엣 오, 그 문을 닫으세요. 그렇게 하신 다음

저와 함께 울어주세요.

저는 이제 희망도, 보살핌도, 도움도 없어요!

로렌스 수사 오, 줄리엣. 네 비탄을 이미 알고 있단다.

내 궁리만으로는 해결 못 할 일이야.

듣자 하니 넌 미룰 수 없는 상황에서

목요일에 백작과 결혼해야 한다면서?

줄리엣 들었단 말씀조차 마세요, 신부님.

막을 수 있는 법을 말해주지 못할 바에는,

당신의 지혜로 도와줄 수 없을 바에는,

제 결단이 현명하다는 말씀만 해주세요.

그러면 이 칼로 그걸 곧 실행에 옮길게요. (로렌스 수사
에게 칼을 보여준다.)

하느님께서 제 마음과 로미오의 마음을,

신부님께서 우리의 두 손을 맺어주셨지요.

로미오와 맺어준 이 손으로

또 다른 허가서에 도장을 찍기 전에,

제 진심이 모반하여 다른 남자를 보기 전에

심장을 찔러 죽어버리겠어요.

그러니까 오랫동안 쌓아온 경험으로

어서 조언해주세요. 그렇지 않으면

잔학한 이 칼은 저와 제 극한 상황 사이에서

당신의 연륜과 기술의 권위를 가지고도

참으로 명예로운 결론을 못 내리는 사안을

중재하며 심판의 역할을 할 겁니다.

말씀을 지체하지 마세요. 하시는 말씀이

치유책이 아니라면 전 죽을 거예요.

로렌스 수사　그만해라, 줄리엣!

희망이 전혀 없는 것은 아니다.

그걸 달성하려면 절박하게

막고 싶은 만큼 절박한 행동이 필요해.

파리스 백작과 결혼하는 대신에

네가 만약 자결할 생각이라면,

죽음을 피하려고 죽음 그 자체에 맞섰으니

이번의 치욕을 꾸짖어 쫓기 위해

죽음과 비슷한 일을 시도할 수도 있겠구나.

그걸 감행하겠다면 치유책을 말해주마.

줄리엣　오, 파리스와 결혼하느니 차라리 저더러

어느 요새의 탑에서든 뛰어내리라거나

도둑 많은 길가거나 뱀들이 있는 곳에

은신하라 명하세요. 울부짖는 곰과 함께 묶거나

악취 나는 정강이, 턱뼈 빠진 노란 해골

덜컹대는 뼈다귀로 꽉 차 있는 납골당에

밤마다 이 몸을 숨겨놓으세요.

아니면 저더러 새로 만든 무덤에 들어가

수의 감은 시체 곁에 숨으라고 하세요.

그전에는 이런 이야기에 몸을 떨었겠지만

백작과 결혼하니 공포나 의심 없이 그렇게 할 겁니다.

내 연인의 티 없는 아내로 살기 위해.

로렌스 수사 그럼 됐다. 집에 가서 명랑하게 지내고

파리스와의 결혼에 동의해라. 내일은 수요일이다.

내일 밤엔 혼자 자도록 하렴.

유모가 네 방에서 같이 자지 않도록 해. (약병을 내민다.)

침대에 누운 다음 이 병을 꺼내

마지막 한 방울까지 마셔라.

곧 차갑고 나른한 기운이

혈관을 통해 네 온몸에 퍼질 거다.

맥박은 제대로 못 뛰고 멈추고 말 테니까.

온기도 숨결도 네 생명을 입증 못 할 것이고

장밋빛 입술과 두 뺨은 파리한 잿빛으로

퇴색할 것이며, 죽음이 삶의 날을

마감할 때처럼 눈의 창은 닫힐 거다.

유연한 동작을 박탈당한 각 기관은

죽음처럼 뻣뻣하고 차가워 보일 거며

이렇게 죽음의 축소판을 빌려 온 상태로

넌 스물 하고도 네 시간을 보낸 다음

유쾌한 잠에서 깨어나듯 눈을 뜰 것이다.

그런데 신랑이 아침에 침대에서 자는 너를

깨우러 왔을 때 너는 거기 죽어 있을 거다.

그러면 우리나라 풍습이 그렇듯이

최고 좋은 옷 입고 뚜껑 열린 관에 넣어

캐풀렛 가문의 모든 친척이 누워 있는

오래된 묘지로 너를 옮길 것이다.

그동안 네가 깰 때를 대비하여

로미오는 내 편지로 우리 의향을 알고

이리로 올 것인데, 그러면 그와 나는

깨는 너를 지키다가 바로 그날 저녁에

로미오가 널 데리고 만투아로 갈 것이다.

그럼 넌 지금의 치욕에서 해방된다.

변덕이나 여자의 공포심 때문에

실행할 용기가 줄어들지 않는다면…….

줄리엣 주세요, 어서 주세요! 오, 공포 얘기는 마세요.

로렌스 수사 이걸 받고 가거라. 마음을 단단히 먹고

　성공하길 바란다. 난 서둘러 수사 한 명에게

　편지를 들려 만투아의 네 남편에게로 보내겠다.

줄리엣 사랑은 내게 힘을! 힘은 도움을 줄 거예요.

　신부님, 안녕히 계세요.

　　　　함께 퇴장.

4막 2장

캐풀렛, 캐풀렛 부인, 유모, 하인 두세 명 등장.

캐풀렛   너는 여기에 적힌 대로 손님들을 초대해라. (하인
1이 퇴장한다.)

너는 가서 솜씨 좋은 요리사 스무 명만 불러오너라.

하인 2   서투른 놈은 하나도 없을 겁니다. 어르신,
손가락을 빨 줄 아는지 시험해볼 테니까요.

캐풀렛   그런 시험으로 어떻게 그걸 알아내지?

하인 2   참, 나리도, 자기 손가락도 빨 줄 모르는 놈은
서투른 요리사잖아요. 그래서 저는 자기 손가락도 빨 줄

모르는 놈과는 상종 안 해요.

캐풀렛   자, 어서 가봐라. (하인 2가 퇴장한다.)

이번 일엔 갖추지 못한 게 많을 거야.

여봐라, 줄리엣은 로렌스 수사에게 갔느냐?

유모   네 그럼요.

캐풀렛   글쎄. 수사가 조금은 도움이 될 테지.

철없는 고집쟁이 맹추 같으니라고.

줄리엣 등장.

유모   속죄하고 유쾌한 모습으로 오는군요.

캐풀렛   그래, 이 고집쟁이야, 어디를 싸다녔느냐?

줄리엣   아버지와 아버지의 분부에 순종하지 않고

반항한 죄악을 뉘우치러 가서

교육을 받았으며, 로렌스 신부님으로부터

여기에서 엎드려 용서를 빌라는 (무릎을 꿇는다.)

명을 받았습니다. 용서해주세요.

이제부터 아버지의 지도를 받겠어요.

캐퓰렛 백작을 불러라. 가서 이 얘기를 해주고

　　내일 아침 이 인연을 맺도록 하겠다.

줄리엣 신부님의 거처에서 그 젊은 백작을 만났고

　　겸손의 범위를 넘어서지 않으면서

　　적당한 사랑을 표시해드렸어요.

캐퓰렛 그것참, 기쁘구나. 잘됐다, 일어나라.

　　그랬어야지. 백작을 만나보마.

　　그래, 어서 가서 그를 이리 데려와라.

　　하느님께 맹세코, 우리 시민 모두는

　　로렌스 수사의 은덕을 크게 입고 있구나.

줄리엣 유모, 내 방에 같이 가서

　　내일 나의 성장에 필요한 장신구

　　고르는 걸 도와주겠어?

캐퓰렛 부인 아, 목요일까지는 안 해도 돼. 시간은 충분해.

캐퓰렛 유모, 같이 가. 성당엔 내일 갈 테니까.

　　　　　　줄리엣과 유모 함께 퇴장.

캐퓰렛 부인 필요한 물품들이 모자랄 텐데.

이제 거의 밤이에요.

캐퓰렛 흠, 내가 좀 움직이지.

　　그러면 만사가 잘될 거요. 여보, 보증하오.

　　줄리엣에게 가서 치장을 도와주오.

　　나는 오늘 안 잘 테니 나한테 다 맡겨요.

　　이번만 안주인 노릇을 해보겠소. 여봐라!

　　다 나갔군. 그렇다면 파리스 백작에게

　　나 혼자 걸어가서 내일에 대비토록

　　준비시키겠소. 고집불통 딸아이가

　　양순해지니 내 마음이 놀랍도록 가볍군.

　　　　　　함께 퇴장.

4막 3장

줄리엣과 유모 등장.

줄리엣   응, 그 옷들이 가장 좋겠어요. 그런데 유모,
　오늘 밤엔 나 혼자 있게 해줬으면 좋겠어.
　유모도 알다시피 꼬이고 죄 많은 내 신세에
　하늘이 감동하여 미소 짓게 만들려면
　기도를 많이 할 필요가 있거든.

캐풀렛 부인 등장.

캐풀렛 부인 줄리엣, 바쁘니? 내가 좀 도와줄까?

줄리엣 아니에요, 어머니. 내일 예식에 필요한

필수품들을 둘이서 골랐어요.

그러니까 이젠 절 혼자 있게 해주시고

유모는 오늘 밤 어머니 곁에 있어 주세요.

이렇게 갑작스러운 혼사로 온통 손이

모자랄 게 틀림없을 테니까요.

캐풀렛 부인 그래, 잘 자렴.

침대로 가서 쉬어. 휴식이 필요할 테니까. (캐풀렛 부인

과 유모가 퇴장한다.)

줄리엣 안녕히 계세요! 언제 다시 만날지는 몰라요.

싸늘한 공포가 온몸에 쫙 퍼져

따뜻하던 온기가 얼어버린 것 같네.

두 사람을 다시 불러 위로를 받아야지.

유모! 여기서 그녀가 뭘 할 수 있겠어?

이 무서운 일은 나 혼자 해내야 해.

어서 이 약을……. (약병을 꺼낸다.)

그런데 이 약이 전혀 듣지 않는다면?

그럼 내일 아침에 결혼해야 하는 거야? (칼을 꺼내 옆에

내려놓는다.)

아냐, 아냐! 이걸로 막을 거야. 잠시만.

이게 만약 수사님이 날 죽일 생각으로

교묘하게 조제한 독약이면 어쩌지?

앞서 나를 로미오와 맺어주어

두 번째 결혼으로 체면을 잃지 않으려고…….

독약일까 봐 겁나. 하지만 아니라고 생각해.

언제나 거룩한 분인 걸 입증되었으니까.

만약 로미오가 돌아와 구해주기 전에

내가 안치되어버려 무덤 속에서

깨어나면 어쩌지? 그거참 소름이 끼치네!

그러면 가족묘 안에서 질식하지 않을까?

더러운 입구로 신선한 공기가 들어오지 않아

로미오가 오기 전에 숨 막혀 죽지는 않을까?

산다 해도 무덤 속에 있던 공포로

죽음과 밤에 의한 끔찍한 상상으로

무슨 일이 일어나지 않을까?

오래된 저장고, 가족묘 속,

지난 수백 년간 장사지낸

내 모든 조상의 유골이 빼곡한 곳.

피투성이 티볼트가 아직도 말짱한 시체로

수의 속에 썩는 곳. 소문처럼

유령들이 밤중에 몰려드는 그곳에서…….

아, 슬프다. 너무 일찍 깨어나면,

무슨 일이 생기면 어쩌지? 메스꺼운 냄새에,

뽑힐 때 내는 소리를 들으면 사람이 미친다는

맨드레이크(뿌리가 인체를 닮은 식물로 뽑으면 사람이 미치

거나 죽는다는 미신이 있음)처럼 비명을 내지르면…….

오, 내가 그곳에서 깨어난다면 얼빠지지 않을까?

이 모든 으스스한 것들에 둘러싸여

조상들의 뼈다귀로 미친 듯이 장난치고

만신창이 티볼트의 수의를 찢고 지내면서

광분하는 가운데, 친척의 뼈 몽둥이 휘둘러

절망에 찬 내 머리를, 빠개놓지 않을까?

오, 저것 봐. 내 생각에 사촌의 혼령이

자기 몸을 칼끝으로 산적 펜 로미오를

찾아 나선 것 같아! 멈춰라, 티볼트, 멈춰!

로미오, 로미오, 로미오! 그대를 위해 마실게요! (커튼

안쪽에서 침대 위로 쓰러진다.)

4막 4장

캐풀렛 부인과 유모 등장.

캐풀렛 부인 유모, 잠깐. 이 열쇠로 향료 좀 더 가지고 오게.
유모 과자방에서는 대추야자, 마르멜루를 찾는데요.

캐풀렛 등장.

캐풀렛 자 움직여라, 움직여. 닭이 두 번째로 울었다!
　통금 종이 울렸으니 새벽 3시가 되었어.
　안젤리카, 구운 과자 좀 넉넉히 만들어.

비용 걱정은 하지 말고.

유모 부엌데기 노릇 말고

잠이나 주무세요. 참. 오늘 밤을 새웠다가는

내일 병나실 겁니다.

캐풀렛 전혀 아냐. 이전에 이보다 못한 일로 종종

밤을 새웠지만 병난 적은 없었어.

캐풀렛 부인 네, 당신도 한때는 바람 좀 피웠지요.

그러나 이젠 그런 밤샘은 못 하게 할 거예요. (캐풀렛 부

인과 유모가 퇴장한다.)

캐풀렛 질투하네. 질투! (시종 서너 명이 꼬챙이, 통나무,

바구니를 들고 등장한다.)

여봐라, 그게 뭐냐?

시종 1 요리사가 쓸 건데 뭔지는 모릅니다.

캐풀렛 서둘러라, 서둘러! (시종 1이 퇴장한다.)

여봐라, 마른나무 가져와!

피터를 불러라. 있는 데를 알려줄 것이다

시종 2 나리, 이 일로 피터를 귀찮게 안 하셔도

제 머리가 통나무를 찾을 정도는 됩니다요.

캐퓰렛 말 한번 잘했다. 웃기는 녀석이야. 하!

그 통나무 머리를 굴려봐! (시종 2가 퇴장한다.)

이런, 동이 텄네.

백작이 악사들과 곧바로 닥칠 거다.

그런다고 했으니까. (안에서 음악 소리가 들린다.)

가까이 왔구나.

유모! 부인! 여봐라! 아, 유모, 안 들리는가! (유모가 등

장한다.)

어서 가서 줄리엣을 깨우고 단장을 시키게.

파리스와 난 한담을 나눌 테니까. 자, 서둘러.

서둘러라. 신랑 될 사람이 벌써 왔어.

서두르지 못할까!

함께 퇴장.

4막 5장

유모가 등장해 커튼 쪽으로 간다.

유모 아가씨! 뭐예요. 줄리엣 아가씨!

잠에 폭 빠진 게 분명해.

자, 어린 양! 자, 숙녀님! 잠꾸러기 같으니!

아니, 이보라니까요! 아가씨! 고운 님!

한마디도 못 해요? 잠시라도 지금 자요.

일주일쯤 자둬요. 장담컨대 오늘 밤엔

파리스 백작이 빳빳하게 일어나

아가씨를 못 쉬게 할 테니까. 지나쳤나?

맞아, 그래. 참으로 깊은 잠에 빠지셨네.

깨워야 하는데, 아가씨, 아가씨, 아가씨!

아이, 백작에게 침대에서 안아달라고 해봐요.

깜짝 놀라 일어나게 해줄걸요. 안 그래요? (커튼을 열어 젖힌다.)

아니, 옷을 다 차려입고 또다시 누우셨어요?

깨워야겠네요. 아가씨! 아가씨! 아가씨!

아! 살려줘요, 살려줘! 아가씨가 죽었어요!

아이고, 내가 이런 일을 다 겪고!

독한 술이 필요해! 주인님! 마님!

캐풀렛 부인 등장.

캐풀렛 부인 이게 무슨 소린가?

유모 오, 슬프고 슬픈 날이에요.

캐풀렛 부인 이 무슨 일인가?

유모 보세요, 봐! 오늘이 무슨 날인지.

캐풀렛 부인 오 이런, 내 아가, 유일한 내 생명이!

눈떠보렴, 제발. 안 그러면 같이 죽자!

살려줘요! 사람들을 불러라.

캐퓰렛 등장.

캐퓰렛 동네 창피하게 무슨 소란이요? 어서 줄리엣을 데
려오지 않고.

신랑은 벌써 와 있는데.

유모 죽었어요, 떠났어요. 죽었어요! 아, 슬프다!

캐퓰렛 부인 아, 슬프다. 죽었어요, 죽었어요, 죽었어!

캐퓰렛 하, 어디 좀 봅시다. 아니 이런 몸이 차갑구나.

피는 멈춰버렸고 사지가 뻣뻣해.

입술과 생명이 헤어진 지 오래구나.

죽음이 아이에게 때 이른 서리처럼 내렸어.

온 들판의 꽃 중 가장 예쁜 꽃 위에……

유모 오, 애처로운 날이다!

캐퓰렛 부인 오, 비참한 시간이다!

캐퓰렛 이 애를 데려간 죽음이 나를 울게 하고,

내 혓바닥을 붙잡고 말 못 하게 하는구나.

로렌스 수사, 파리스, 악사들 등장.

로렌스 수사 자, 신부는 성당 갈 준비가 됐는지요?

캐풀렛 갈 준비는 됐지만 절대 못 돌아오네.

오, 이보게 사위. 자네가 결혼하기 전날 밤에

죽음이 자네 처와 같이 잤어. 저기 좀 봐.

꽃 같은 그녀를 그자가 꺾었다네.

죽음이 내 사위이고 내 상속인이네.

죽음이 내 딸과 결혼했어. 난 죽어서

다 넘겨줄 거야. 생명, 삶, 모두가 그자 거야.

파리스 이날의 아침을 정말 오래 상상했는데…….

이런 꼴을 볼 줄이야.

캐풀렛 부인 저주받고 불행하며 혐오스러운 날이다!

시간의 끝없는 순례 여정 중

최고로 비참한 때 바로 지금이구나!

단 하나, 딱 하나. 하나뿐인 다정한 애였는데

기뻐하고 위로받는 단 하나였는데
잔인한 죽음이 내 눈에서 앗아갔어!

유모 오, 슬프다! 오, 슬프고, 슬프고 슬픈 날!
최고로 애처롭고 최고로 슬픈 날이다.
지금껏 이런 날은 단 한 번도 못 봤다!
오, 이런! 오, 이런! 오, 이런 미운 날!
이토록 어둠에 잠긴 날은 본 적이 없었다.
오, 슬픈 날! 오 슬픈 날이다.

파리스 사기, 이혼, 악행과 분풀이. 죽임을 당했다!
참으로 증오할 죽음이여. 네가 날 속였고
잔인하고 잔인한 네가 날 거꾸러뜨렸다!
오, 사랑! 오, 생명! 생명 없는 죽은 사랑.

캐풀렛 멸시, 고통, 미움, 고문. 죽임을 당했다.
낙이 없는 시간이여, 너는 왜 지금 와서
우리의 잔치를 망치고 또 망치느냐?
오, 애야, 오, 애야! 자식 아닌 내 영혼아!
네가 죽어버렸구나! 아, 우리 애가 죽었다.
아이와 함께 내 기쁨도 묻혔다.

로렌스 수사 자, 조용히. 진정하시오. 혼란으로 혼란을

치유하지 못합니다. 하늘과 당신 몫이

이 고운 처녀에게 있었으나 이젠 다 하늘의 차지요.

그러니 처녀에겐 더욱 잘된 일이지요.

당신 몫은 죽음으로부터 지키지 못했지만

하늘은 자기 몫을 영생 속에 지킵니다.

그녀가 당신의 천국으로 올라가야 하기에

그녀의 승천을 가장 많이 구하셨습니다.

그런데 이제 우십니까? 저 구름 너머로

하늘만큼 넓은 데로 나아가게 되었는데요?

오, 이건 너무 잘못된 자식 사랑입니다.

잘된 걸 보고서 미치다니 말입니다.

여자가 결혼해서 오래 살면 잘한 결혼이 아니고

젊었을 때 죽는 결혼이 최고의 결혼이지요.

눈물을 거두고 이 고운 시체 위에

로즈메리꽃을 꽂고 관례에 따라

최고로 치장하여 성당으로 옮깁시다.

어리석은 본성은 우리의 애도를 명하지만

본성의 눈물은 이성의 기쁨이니까요.

캐풀렛 잔치에 쓰기로 정했던 모든 것을

어두운 장례의 소임으로 돌려라.

여러 가지 악기는 음울한 조종으로,

혼인 축하 연회는 슬픈 장례식으로,

성대한 축가는 쓸쓸한 만가로 바꾸어라.

신부의 화환은 시신을 위해 쓸 것이며

모든 것을 그 반대로 바꾸어라.

로렌스 수사 안으로 드시지요. 부인도요.

파리스 백작도 이 고운 시신을

묘지까지 배웅토록 모두 준비하오.

무언가 잘못이 있어서 하늘이 노했으니

높은 뜻을 더 이상 거스르지 마십시오. (유모와 악사들만

남고 퇴장한다. 퇴장하면서 줄리엣 위에 로즈메리꽃을 던지

고 커튼을 닫는다.)

악사 1 그것참, 악기들을 꾸려서 떠나야겠군요.

유모 좋은 친구들, 아, 꾸리게. 꾸리라고.

딱한 사정이라는 걸 잘 알고 있을 테니. (퇴장한다.)

악사 1 네, 맹세코 이 사정은 좋아질 수 있는데.

피터 등장.

피터 악사님들, 오, 악사님들. 〈편안한 마음〉이요, 〈편안
한 마음〉!
오, 날 살려주는 셈 치고 〈편안한 마음〉을
연주해주오.

악사 2 왜 〈편안한 마음〉이지요?

피터 오, 악사님들. 내 마음이 스스로 〈슬픔은 가득히〉를
연주하고 있으니까 그렇지요. 오, 내게 위안이
될 만한 유쾌하고도 구슬픈 선율을 연주해주오.

악사 1 구슬픈 선율은 안 되겠소! 지금은 연주할 때가 아
니오.

파터 못 하겠단 말이지요?

악사 1 그렇소.

피터 그렇다면 내가 맛을 보여줘야겠군.

악사 1 무엇을 주겠단 말이오?

피터 돈은 말고, 엿이나 먹어라. 당신들은

기껏해야 풍각쟁이야.

악사 1 그렇다면 당신은 기껏해야 종놈이지.

피터 그럼 난 그 종놈의 단검을 당신 골통에 꽂아놓을

거야.

내가 사분음표도 모를 줄 아느냐?

난 당신들을 '레―'하고 '파―'할 거야 내 말 알아듣겠어.

악사 1 우리를 '레―'하고 '파―'한다고? 웃기시네.

악사 2 단검은 집어넣고 말싸움이나 하시지.

피터 그렇다면 어디 내 말싸움 맛 좀 보시지. 쇠 같은 기

지로

피 안 나게 패주고 쇠 단검은 집어넣겠다.

남자답게 대답해봐.

"비수 같은 비탄이 심장을 찌르고

슬픔에 풀이 죽어 가슴이 답답할 때

음악은 은 같은 소리로"

왜 '은 같은 소리'지? 왜 '음악은 은 같은 소리로'라고

했을까? 사이먼 현악기 줄, 넌 어떻게 생각해?

악사 1 그야 은이 아름다운 소리를 내니까 그렇지.

피터 잡소리 하고 있네. 휴, 깽깽이. 넌 어떻게 생각해?

악사 2 악사들은 은화를 받으려고 소리를 내니까

'은 같은 소리'겠지.

피터 역시 잡소리야. 제임스 받침대, 넌 어떻게 생각해?

악사 3 원, 무슨 말을 해야 좋을지 모르겠네.

피터 아이고, 죄송합니다. 가수란 걸 모르고.

내가 대신 말해주지.

악사들이 소리를 내보았자 금은 생기지 않으니까

'음악은 은 같은 소리로'라고 한 거야.

"그럴 때 음악은 은 같은 소리로

재빠르게 위안을 가져다준답니다." (퇴장한다.)

악사 1 저런 염병할 놈을 봤나!

악사 2 잭, 저놈의 목을 매! 자, 저 안에 들어가서

조객들을 기다렸다가 저녁이나 얻어먹자.

함께 퇴장.

제5막

5막 1장

로미오 등장.

로미오 꿈이 보여주는 달콤한 진실을 믿을 수만 있다면

기쁜 소식이 있으리란 예감이 드는구나.

내 마음의 영주인 사랑이 유쾌히 좌정하니

오늘은 온종일 유례없는 기분으로

즐거운 생각만 하며 땅 위를 떠다녔다.

꿈속에서 부인이 죽은 나를 와서 보고,

키스로 내 얼굴에 생기를 불어넣어

난 되살아났고 황제가 되었다.

죽었는데 생각을 하다니 이상한 꿈이지!

아, 사랑의 그림자가 이처럼 좋은데

사랑 그 자체를 소유하면 얼마나 달콤할까. (로미오의

하인 발사자가 등장한다.)

베로나에서 온 소식이군. 어떻게 되었느냐, 발사자?

수사님의 편지를 가져왔느냐?

아가씨는 어떠냐? 아버지는 잘 계시고?

줄리엣은 어떠냐? 그걸 다시 묻겠다.

그녀만 잘 있으면 다른 일은 됐다.

발사자 그렇다면 잘 계시고 잘못될 일 없습니다.

그녀의 몸은 캐풀렛 가문의 석실묘에서 잠자고

불멸하는 부분은 천사들과 함께 있죠.

그녀를 친족 묘에 넣는 걸 보고 나서

소식을 전하러 곧바로 말을 달려왔습니다.

오, 나쁜 소식을 가져온 절 용서해주십시오.

단지 이게 제 임무이니까요.

로미오 그렇단 말이지? 그럼 난 운명의 별들에게 도전한

다.

내 숙소를 알 테니 종이와 잉크를 가져오고

파발마를 구해라. 오늘 밤에 떠나겠다.

발사자 주인님, 간청컨대 참아주십시오.

안색이 창백하고 격앙되시어 무언가

불행한 일이라도 벌이실까 걱정됩니다.

로미오 아니, 네가 잘못 봤어.

물러나서 명령한 일이나 해놓아라.

수사님이 내게 보낸 편지는 없다는 거지?

발사자 네, 없었어요. 주인님.

로미오 상관없어, 어서 가봐.

그리고 말을 준비해라. 너한테로 곧장 가마. (발사자가

퇴장한다.)

줄리엣, 난 오늘 밤 당신 곁에 누울 것이니

그 수단을 찾아보겠소. 이 악마여

사악한 마음은 재빠르게도 드는구나.

약장수 하나가 기억이 나는데…….

이 근처에 살았어. 최근에 그 사람이

누더기를 걸치고 시무룩한 얼굴로

약초를 모으는 걸 보았다. 극심한 빈곤으로
깡말라 뼈만 남아 있었으며
궁색한 가게에는 거북이 걸려 있고
박제한 악어와 몇 가지 못생긴 물고기의
가죽도 있었지. 그리고 선반에는
거지 살림만도 못한 빈 상자 몇 개와
푸른색 질그릇, 오줌통, 곰팡이 핀 씨앗들,
포장 끈 자투리, 묵은 장미 덩어리 등이
구색을 갖추려고 성기게 흩어져 있었어.
그 궁핍을 보고 나서 나는 혼자 말했지.
"누가 지금 독약이 정말로 필요한데
만투아 시에서 판매하면 즉각 사형이지만
그걸 팔 천한 놈이 여기 살고 있다."라고.
오, 이 생각이 내 바람을 앞질러 떠올랐으니
이 궁한 사람은 그걸 내게 팔아야 해.
내가 기억하기로 이곳이 그의 집이야.
공휴일이라서 거지의 가게가 닫혔구나.
여봐라, 약장수! (약장수가 등장한다.)

약장수 누가 이리 큰 소리를 내는 거요?

로미오 여보게, 이리 와. 한눈에도 가난해 보이는군.

　받아, 금화 40냥이야. 나한테

　독약을 주게나. 온몸의 혈관에

　신속하게 쫙 퍼지는 놈으로.

　그래서 삶에 지친 음독자는 죽도록,

　불붙은 화약이 치명적인 대포의 화구를

　성급히 떠나갈 때처럼 격렬하게

　그 몸에서 호흡이 끊어질 수 있도록 말일세.

약장수 그렇게 명줄을 끊는 독약은 있지만

　건네주었다가는 만투아 법으로 사형이오.

로미오 그렇게 헐벗고 비참함에 찌든 사람이

　죽기가 두려워? 기근은 뺨 위에 서리고

　짓누르는 궁핍으로 눈은 푹 꺼졌으며

　경멸과 가난이 등줄기에 걸렸는데?

　세상이나 세상의 법이나 네 편은 아니고

　이 세상 법으로는 부자가 될 수 없어.

　그렇다면 가난을 깨부수고 이걸 받아.

약장수 제 의지가 아니라 빈곤 탓에 응합니다.

로미오 네 의지가 아니라 빈곤에 지불하겠네.

약장수 이것을 아무 액체나 탄 다음

전부 마십시오. 장정 스물의 힘이 있어도

곧바로 당신을 처치해줄 겁니다.

로미오 (약장수 손에 금을 쥐여주며) 이 금은 내 것이다. 네

가 아니 팔려 했던

시시한 이 약보다 영혼에 더 나쁜 독이고,

이 역겨운 세상에서 더 많은 살인을 저지르지.

내가 독을 판 것이지 넌 내게 판 게 없어.

잘 있게! 밥 사 먹고 살이나 좀 찌라고. (약장수가 퇴장한다.)

자, 독이 아닌 치료제여, 줄리엣의 무덤으로

함께 가자. 거기서 널 써야만 하니까.

로미오 퇴장.

5막 2장

로렌스 수사 등장.

로렌스 수사 목소리로 보건대 존 수사가 틀림없다. (존 수

　사가 등장한다.)

　만투아에서 오느라 수고하셨소! 로미오가 뭐라던가?

존 수사 여기 이 도시에서 병자들을 돌보는

　교단의 형제들 가운데 저와 함께 맨발로

　동행할 수 있는 수사를 찾다가

　한 사람을 찾았는데, 도시 검역관들이

　우리가 실제로 역병이 창궐했던

집 안에 있었다고 의심을 하여

문을 꽉 봉해서 못 나가게 했습니다.

그래서 제 만투아 급행은 거기서 멈췄어요.

로렌스 수사 그럼 누가 내 편지를 로미오에게 전했나?

존 수사 보내지 못하여 여기 이렇게 도로 가져왔습니다.

(편지를 돌려준다.)

수사님께 돌려보낼 전령도 못 구했죠.

그들은 역병을 너무나 두려워했답니다.

로렌스 수사 불운한 일이다. 교단에 맹세코

이 편지는 하찮은 게 아니라 막중하고

중요한 내용이야. 소홀히 할 경우

위험이 크네. 존 수사는 어서 가서

쇠지레를 찾은 다음 그것을 곧바로

내 거처로 가져오게.

존 수사 수도사님, 얼른 가서 가져오겠습니다. (퇴장한다.)

로렌스 수사 난 이제 혼자서 무덤으로 가야 한다.

세 시간이 지나면 줄리엣이 깨어날 것이고

그녀는 로미오가 이 뜻밖의 일을

통지받지 못했다고 나를 많이 경멸할 것이다.

그러니 나는 만투아로 편지를 다시 쓰고

로미오가 올 때까지 그녀를 내 거처에 두어야지.

가여워라, 산송장이 죽은 자들 무덤 속에 갇혔어!

로렌스 수사 퇴장.

5막 3장

파리스와 시동이 꽃, 향수, 횃불을 들고 등장.

파리스 꼬마야, 횃불은 이리 주고 너는 멀찌감치 물러서라.

하지만 불은 꺼라. 눈에 띄고 싶지 않으니까.

저기 저 주목들 밑으로 몸을 길게 눕히고

푸석한 땅 위에 귀를 바짝 대어라.

무덤을 파느라 뒤집어놓았으니

누구든 성당 묘지 걸어오는 발걸음은

들을 수 있을 거야. 그러면 휘파람 소리로

무엇이 다가오거든 신호를 보내거라.

자, 그 꽃은 이리 주고 시킨 대로 해. 가봐.

시동 (방백) 여기 이 성당 묘지에 혼자 서 있는 게 좀 무섭지만 모험을 해봐야지. (멀찌감치 물러난다.)

파리스   (무덤에 꽃을 뿌리며) 꽃 같은 그대의 신방에 이 꽃

을 뿌립니다.

아, 슬프다. 그대의 천장은 흙과 돌이군요.

밤마다 이곳을 향수로, 향수가 없으면

방울방울 신음 맺힌 눈물로 적시겠소.

밤마다 무덤 위에 꽃 뿌리고 우는 것이

이 몸이 그대를 위해 지키는 상례라오. (시동이 휘파람을

분다.)

시동이 경고하는군. 무엇이 다가오고 있구나.

어떤 자가 이 밤중에 저주받은 발을 옮겨

내 상례를, 참사랑의 의식을 훼방놓는 거지?

뭐? 횃불까지? 밤이여, 나를 잠깐 감싸다오. (물러난다.)

로미오와 발사자가 횃불, 곡괭이, 쇠지레를 들고 등장.

로미오   곡괭이와 쇠지레를 이리 줘라.

잠깐, 이 편지를 받아라. 내일 아침 일찍이

아버지께 분명히 전하거라.

햇불을 이리 줘. 목숨이 아깝다면

무엇을 듣거나 보더라도 멀찍이 물러서라.

그리고 내 진로를 가로막지 마라.

내가 이 죽음의 침실로 내려가는 까닭은

아내 얼굴을 보려는 것도 있지만

주목적은 죽은 그녀의 손에서 귀중한 반지를

빼내는 것이다. 그 반지를 요긴하게

써야 하거든. 그러니 여기를 떠나라.

그런데도 네가 만약 의심하며 되돌아와

내 의도가 무엇인지 엿보려 한다면

맹세코 내 너를 마디마디 찢은 다음

이 성당의 굶주린 묘지에 네 사지를 뿌릴 테다.

이 순간 내 의지는 야수처럼 거칠고

배고픈 호랑이나 포효하는 바다보다

훨씬 더 사납고 무자비해.

발사자 여길 떠나 주인님을 괴롭히지 않겠습니다.

로미오 그게 네 충정의 표시이리라. 이걸 받아.

자, 잘 먹고, 잘 살아라. 잘 가라, 내 친구야.

발사자　(방백) 그래도 이 근처에 숨어 있어 봐야지.

　　주인님 표정이 무섭고 의도도 걱정스러우니. (물러난다.)

로미오　지상에서 가장 귀한 별미를 꿀꺽 삼킨

　　가증스러운 아가리. 죽음의 자궁아.

　　썩은 네 턱 이렇게 강제로 벌린 다음

　　원치 않은 음식을 더 쑤셔 넣겠다. (로미오가 무덤을 열기

　　시작한다.)

파리스　이건 바로 추방당한 그 오만한 몬터규다.

　　내 님의 사촌을 살해한 자다. 그 슬픔 때문에

　　아름다운 그녀가 죽었다는데…….

　　이제는 여기 와서 악당처럼 시신을

　　욕보이려 한다. 그를 체포해야지. (앞으로 나선다.)

　　야비한 몬터규야, 불경한 작업을 멈춰라!

　　죽음 넘어서까지 복수를 하려느냐?

　　저주받은 악당아, 내 너를 체포한다.

　　복종하고 같이 가자, 죽어야 할 테니까.

로미오　그래야만 할 것이오. 그래서 여기 왔소.

양갓집 젊은이여, 절망한 사람을 시험 마오.

날 두고 도망가요. 이 망자를 생각하고

겁을 좀 먹어요. 부탁하오, 젊은이.

광기로 나를 몰아 또 하나의 업을

쌓지 않도록 해주시오. 가시오!

맹세코 난 그대를 나보다 더 생각하오.

나는 나를 해칠 채비를 하고 왔으니까.

서 있지 말고 가시오. 앞으로 살아남아

미친 자의 관용으로 도망쳤다고 하시오.

파리스 그따위 애원은 과감히 무시하고

내 너를 중범으로 현장에서 체포한다.

로미오 싸움을 거시겠다? 그러면 덤비시지! (싸운다.)

시동 맙소사. 싸움 붙었네! 야경꾼을 불러야지. (퇴장한다.)

파리스 오, 난 살해됐다. 너에게 자비심이 있거든.

무덤 속의 줄리엣 옆에 나를 눕혀다오. (죽는다.)

로미오 그렇게 해주겠소. 얼굴이나 확인하자.

머큐시오의 친척인 파리스 백작이다.

내 정신이 어지러워 주목하지 않았는데,

떠나오면서 하인이 뭐랬지? 파리스가 줄리엣과

결혼하게 되었다고 말한 것 같은데.

그가 그리 말했던가? 내가 그리 꿈꾼 걸까?

아니면 줄리엣의 죽음을 듣고 내가 미쳐버려

그렇다고 생각했나? 오, 손을 이리 주시오.

암울한 불행의 장부에 나와 함께 적힌 그대!

장엄한 무덤 속에 안치해주겠소. (무덤을 연다.)

무덤? 아니, 탑방(lantern, 성당이나 교회 건물의 둥근 지붕

꼭대기에 올려놓은 비교적 작은 크기의 장식 탑)이오. 살해

당한 젊은이여.

여기 누운 줄리엣의 아름다움 때문에

빛 가득한 이 방은 축제일의 알현실이니까.

죽음아, 죽은 자가 널 묻는다. 게 누워라. (파리스를 무덤

안에 눕힌다.)

사람들이 죽는 순간, 유쾌해지는 일이

참으로 자주 있지! 간수들은 그것을

죽기 전의 섬광이라 부른다. 오, 이걸 어찌

섬광이라고 부를 수 있나? 오, 연인이여, 아내여.

꿀 같은 그대 목숨 빨아들인 죽음도
아름다운 이 자태는 어찌하지 못했군요.
당신은 정복되지 않았소. 입술과 뺨 위엔
미의 붉은 깃발이 아직도 남아 있고
창백한 죽음의 군기는 거기까지 못 왔어요.
티볼트, 피에 젖은 수의를 입고 게 누웠어?
오, 네 젊음을 두 동강 낸 이 손으로
너의 적인 나의 젊음을 끊어놓는 것보다
더 나은 호의를 어떻게 베풀지?
사촌은 날 용서해줘! 아, 사랑하는 줄리엣,
아직도 왜 이리 고와요? 실체 없는 죽음이
깡마르고 흉측한 그 괴물이 연정 품고
당신을 자기의 애인 삼기 위하여
여기 이 어둠 속에 가뒀다고 믿을까요?
그것이 두렵기에 난 여기 당신과 함께 남아
희미한 이 밤의 궁전을 절대로
떠나지 않겠소. 당신의 구더기 시녀들과
난 여기, 여기에 머물 거요. 오, 여기에

내 영원한 안식처를 확정할 것이고.
불길한 별들의 멍에를 세상 지친 이 몸에서
떨쳐버릴 것이요. 눈이여, 끝으로 보아라!
팔이여, 끝으로 포옹하라! 그리고 입술이여.
오, 호흡의 관문이여, 올바른 키스로
다 삼키는 죽음과 무한 계약 맺어라. (줄리엣에게 키스한다.)
오라, 쓰디쓴 길잡이여, 불쾌한 안내자여!
그대, 절망한 선장이여, 바다에 지친 배를
파산의 바위 위로 지금 즉시 몰아가라.
내 연인을 위하여! (독약을 마신다.)
오, 정확한 약장수다!
약효가 빠르네. 난 이렇게 키스하며 죽는다. (죽는다.)

로렌스 수사가 등불, 쇠지레, 삽을 들고 등장.

로렌스 수사 원, 빨리 가야 하는데! 오늘 밤엔 늙은 발이
유난히도 무덤들에 채이네. 게 누구요?

발사자　당신을 잘 아는 친구요.

로렌스 수사　지복이 내리기를! 이보게, 내 친구.

　무슨 놈의 횃불이 저기서 하릴없이

　땅벌레와 해골들을 비추지? 내 판단에

　저것은 캐풀렛 가문의 무덤에서 타고 있어.

발사자　맞아요, 신부님. 당신이 사랑하는

　제 주인님이 저기 있어요.

로렌스 수사　누군데?

발사자　로미오요.

로렌스 수사　얼마나 오래됐지?

발사자　넉넉히 반 시간이요.

로렌스 수사　납골당에 같이 가자.

발사자　전 감히 못 갑니다.

　주인님은 제가 여길 떠난 줄 아세요.

　남아서 자신의 의도를 지켜보면

　죽이겠노라고 무섭게 위협하셨답니다.

로렌스 수사　그러면 여기 있거라. 혼자 가마. 두렵구나.

　오, 불상사가 있을까 봐 무척이나 두렵구나.

발사자 제가 여기 주목 밑에 잠자고 있을 때

주인님이 누구와 싸우는 꿈을 꿨고

주인님이 그 사람을 살해했답니다.

로렌스 수사 로미오! (수사가 허리를 굽히고 핏자국과 무기

들을 살펴본다.)

오, 이런! 오, 이런! 이게 무슨 핏물이기에

묘지의 돌문을 물들이고 있는 거지?

이 칼들은 왜 이곳 안식의 장소에

주인을 잃고 피 엉긴 채 놓여 있지? (무덤 안으로 들어간다.)

로미오! 오, 창백하다! 또 누가? 아니, 파리스도!

피에 흠뻑 젖었구나. 아, 몰인정한 시간이여.

이렇게 통탄할 우발 범죄가 일어나다니…….

아가씨가 움직인다. (줄리엣이 일어난다.)

줄리엣 오, 위안 주는 수사님. 제 남편은 어디 있지요?

전 제가 어디 있어야 하는지 똑똑히 기억해요.

무덤에 있군요. 로미오는 어디에 있어요?

로렌스 수사 밖에서 소리가 들리는군. 그 죽음과 역병과

부자연스러운 잠의 소굴로부터 나오너라.

우리가 거역 못 할 커다란 함 때문에

우리 뜻이 좌절됐다. 자 여길 떠나자.

네 남편은 네 가슴 위에 죽어 있고

파리스도 죽었단다. 자, 어서! 난 너를

수녀들의 교단에 맡기겠다.

물어보려 지체 마라. 야경꾼이 오니까.

어서 가자, 줄리엣. (다시 소리가 들린다.)

더 이상은 못 있겠다.

줄리엣 수사님은 어서 가요. 전 떠나지 않을 테니. (로렌
스 수사가 퇴장한다.)

이게 뭐야? 내 연인이 움켜쥔 잔은?

독으로 때 이른 마지막을 맞으셨구나.

오, 깍쟁이. 다 마셨어요?

뒤따를 때 나를 도와줄 한 방울도 남기지 않고.

혹시나 그 입술에 독이 좀 남았으면

나를 죽게 해주겠죠. (로미오에게 키스한다.)

당신 입술이 따뜻해요.

순찰대 1 (안에서) 자, 앞서라, 어디지?

줄리엣 소리가? 그럼 서둘러야지. 오, 행복한 단검아,

　　이게 네 칼집이다. 녹슬어 날 죽게 해다오. (로미오의 검

　　을 들고 자신을 찌르고 로미오 위에 쓰러지며 죽는다.)

　　　　　　파리스의 시동과 순찰대 몇 명 등장.

시동 다 왔어요. 햇불이 타고 있는 저깁니다.

순찰대 1 땅이 피에 젖었군. 성당 묘지를 수색하라.

　　몇 명이 같이 가라. 찾으면 누구든 체포하라. (몇 명 퇴장

　　한다.)

　　끔찍한 광경이다. 백작은 살해되어 누워 있고

　　캐퓰렛가 여식은 이틀 동안 안치되어 있었는데

　　더운 피를 흘리며 또다시 죽어 있다.

　　영주님께 알려라. 캐퓰렛 집으로 달려가라.

　　몬터규 일가를 깨우고, 몇 명은 수색하라. (또 몇 명 퇴장

　　한다.)

　　비탄이 일어난 장소는 알겠지만

　　가련한 이 비탄의 진정한 진원지는

정황을 모르고는 밝혀낼 수 없구나.

순찰대 몇 명과 발사자 등장.

순찰대 2   로미오의 하인인데 성당 묘지에 있었습니다.
순찰대 1   영주께서 올 때까지 단단히 붙잡아둬.

순찰대 한 명과 로렌스 수사 등장.

순찰대 3   떨며 울며 한숨짓는 수사님을 발견했습니다.
    성당 묘지 저쪽에서 걸어오던 그에게서
    이 곡괭이와 삽 하나를 빼앗았습니다.
순찰대 1   대단히 수상하군. 수사님도 잡아둬라.

영주와 시종들 등장.

영주   무슨 놈의 불운이기에 이렇게 이른 아침부터
    휴식을 취하는 나를 불러왔는가?

캐풀렛과 캐풀렛 부인 및 하인들 등장.

캐풀렛 무슨 일로 저렇게 비명을 지릅니까?

캐풀렛 부인 아, 거리에서 사람들이 "로미오"를 외치고
일부는 "줄리엣"과 "파리스"를 외치면서
모두 우리 가문 무덤으로 달려가요.

영주 우리의 귀를 놀라게 할 공포가 무엇이지?

순찰대 1 군주님, 살해된 파리스 백작이 여기 있고
로미오도 죽었으며, 앞서 죽은 줄리엣은
따뜻한 게 아무래도 다시 죽은 것 같습니다.

영주 이 더러운 살인의 원인을 추적하여 밝혀라.

순찰대 1 한 명의 수사와 로미오의 하인이 여기 있는데,
이 죽은 사람들의 묘를 열기 적합한
연장들을 지니고 있습니다.

캐풀렛 오, 맙소사! 오, 부인, 우리 딸이 피를 흘리는 것
좀 봐요.
이 단검은 잘못됐소. 봐요, 빈 칼집은 저기 저
몬터규의 허리춤에 달려 있고, 엉뚱하게

233

내 딸의 가슴에 꽂혀 있지 않소!

캐퓰렛 부인   아, 이 죽음의 광경은 이 늙은 몸뚱이에는

무덤가는 길을 알려주는 경종과 같군요.

몬터규와 하인들 등장.

영주   어서 오시오, 몬터규. 새벽같이 일어나

저녁같이 가버린 아들을 보게 됐소.

몬터규   아, 전하, 제 아내가 어제저녁에

아들 추방을 한탄하다 숨을 거뒀습니다.

또 어떤 슬픔이 늙은 저를 향해 음모를 꾸미는 겁니까?

영주   보시오, 그러면 알 것이오.

몬터규   (로미오의 시신을 발견하며) 못 배운 놈 같으니! 이

게 무슨 예의냐!

아비에 앞서서 무덤으로 내닫다니?

영주   절규하는 입들을 잠시 봉해놓고

모호한 점들을 말끔히 해명하여

사태의 근원과 진정한 내력을 알아내겠소.

난 당신들 슬픔의 지휘관이 되어

죽음까지 가보겠소. 그때까진 꾹 참고

인내로 불운을 다스리기를 바라오.

의심 가는 자들을 이리로 데려오라.

로렌스 수사 그 첫째가 저로서 가장 능력 없으나

이 무서운 살인의 때와 또 장소가

저에게 불리하여 가장 크게 의심받을 겁니다.

그래서 유죄이자 무죄인 저 자신을

고발, 면죄하려고 이 자리에 섰습니다.

영주 그럼 즉각 이에 관해 아는 바를 밝히시오.

로렌스 수사 짧게 아뢰지요. 제가 숨 쉴 나날이

지겨운 얘기처럼 길지는 않을 테니.

저기 죽은 로미오는 줄리엣의 남편입니다.

저기 죽은 줄리엣은 로미오의 충실한 아내이고요.

제가 결혼시켰고, 둘의 비밀 결혼식 날은

티볼트의 제삿날이었습니다. 그의 요절 때문에

새신랑은 도시에서 추방됐고 줄리엣은

티볼트가 아니라 그를 위해 마음을 애태웠답니다.

줄리엣의 아버지는 그녀를 에워싼 비탄을 풀기 위해
파리스 백작과 딸을 맺어주겠다 약속했고
그녀에게 결혼을 강요했지요. 그녀는 제게 와서
격앙된 모습으로 두 번째 결혼을 면해줄
모종의 수단을 마련해 달라고, 안 그러면
제 거처에서 자살하겠다 말했지요.
그때 저는 그녀에게 (제 의술로 조제한)
수면제를 주었는데, 그 물약은 의도대로
효력을 발휘하여 그녀의 몸에 죽음의 모습을
만들어냈습니다. 한편 저는 로미오에게
무서운 이 밤에 여기 와서 그녀의
약효가 끝나는 시간이 되었으니
잠시 빌린 무덤에서 꺼내야 한다고 썼지요.
하지만 제 편지를 몸에 지닌 존 수사가
사고로 지체됐고, 어제저녁 그 편지를
제게 돌려줬답니다. 그래서 저 혼자
그녀가 깨어나기로 예정된 시간에
친족들의 무덤에서 꺼내주러 찾아왔습니다.

로미오에게 다시 사람을 보낼 때까지

그녀를 제 거처에 은밀히 감춰두려 했지요.

하지만 그녀가 깨어나기 얼마 전

제가 여기 왔을 때, 고귀한 파리스와

진실한 로미오가 때 이르게 죽어 있었습니다.

그녀는 깨어났고, 전 나오라 간청하며

하늘이 하는 일을 인내로 견디자고 했지요.

그러다 밖에서 소리가 나서 겁먹고 나왔는데

그녀는 절망이 너무 커서 안 가겠다 했습니다.

사태를 보아하니 자해한 것 같습니다.

이것이 전부이며 결혼에 대해서는 유모가

잘 압니다. 이번 일에 무언가

제 잘못으로 틀어진 게 있다면

이 늙은 목숨을 최고로 가혹한 법에 따라

때가 오기 조금 전에 바치고자 합니다.

영주 우리는 당신을 언제나 성자로 알았소,

로미오의 하인은 어디 있느냐? 할 말은?

발사자 주인님께 줄리엣 아가씨의 죽음을 전했을 때

주인님은 황급히 만투아를 떠나서

바로 이 시각에 바로 이 무덤에 왔습니다.

이 편지를 아침 일찍 부친께 전하라 명하고

석실묘에 들면서 자기를 거기 두고

떠나지 않으면 죽이겠다고 위협했습니다.

영주 편지를 내놓아라. 내가 읽어보겠다.

순찰대를 깨웠던 백작의 시종은 어디 있느냐?

여봐라, 네 주인은 이곳으로 왜 왔느냐?

시동 주인님은 아가씨의 묘에 꽃을 뿌리러 왔는데

전 물러서 있으래서 그렇게 했습니다.

곧 누가 횃불을 들고 와 무덤을 열려 했고

주인님은 그 즉시 칼을 뽑았습니다.

그래서 저는 순찰대를 부르려고 달려갔습니다.

영주 이 편지로 보건대 수사의 말처럼

두 사람이 사랑에 빠진 경위와 그녀가 죽었다는 소식

그리고

가난한 약장수로부터 어떻게 독약을 샀고, 그 길로

가족묘에서 죽어 줄리엣과 함께 묻힐 심산이라고 적혀

있다.

이 원수들은 어디 있느냐? 캐풀렛! 몬터규!

하늘이 당신들의 기쁨을 결국 사랑으로 죽였으니

당신들의 미움에 어떤 천벌 내렸는지 보라.

나 또한 당신들의 불화에 눈감은 대가로

한 쌍의 친척을 잃었다. 우리 모두 벌을 받았다.

캐풀렛 오, 몬터규 사돈, 손을 내게 주오.

내 딸의 과부 소유 재산(남편이 죽었을 때 아내가 소유권

을 가지도록 해놓은 재산)은 이것이오.

이 이상 더 좋은 것이 없을 거요.

몬터규 하지만 난 더 주겠소.

그녀의 조상을 순금으로 건립하여

베로나의 이름이 잊히지 않는 한

변함없는 정절을 지킨 줄리엣의 모습보다

더 높이 쳐주는 인물은 없도록 할 것이오.

캐풀렛 같은 값의 로미오도 아내 곁에 설 것이오.

우리네 반목의 불쌍한 희생자들 말이오.

영주 암울한 평화가 이 아침에 찾아왔으니

태양은 비탄으로 얼굴을 내비치지 않는다.

여길 떠나 이 슬픈 일을 더 얘기해보라.

용서받고 벌받는 자들이 있으리라.

줄리엣과 로미오의 이야기보다

더 비통한 이야기는 결코 없을 것이오.

함께 퇴장.

작품 해설

『로미오와 줄리엣』은 영국의 작가 셰익스피어가 1597년에 발표한 희곡으로, 원수 사이인 이탈리아의 명문 몬터규가의 아들 로미오와 캐퓰렛가의 딸 줄리엣의 비극적인 사랑을 다루었다.

셰익스피어의 4대 비극에 『로미오와 줄리엣』이 포함되는 줄 아는 사람이 많은데, 그렇지 않다. 참고로 4대 비극은 『햄릿』, 『리어왕』, 『맥베스』, 『오셀로』다. 작품성 면에서는 『로미오와 줄리엣』이 4대 비극에 밀리지만 대중적인 인지도만으로 따지자면 가히 셰익스피어의 작품 중 '원톱'이라고 해도 과언이 아니리라.

세익스피어의 작품 중 문학적으로 그렇게 높이 평가되는 작품이 아니지만, '사회적 여건 때문에 이루어질 수 없는 사랑을 하는 10대 남녀'라는 소재가 낭만적으로 여겨져서인지 발표 당시에도 대중적인 인기를 누렸다. 지금까지도 많은 이에게 사랑받는 작품이다. 『리어왕』이나 『오셀로』의 줄거리를 아는 사람은 드물어도 『로미오와 줄리엣』의 줄거리를 모르는 사람은 아마 거의 없지 않을까. 그만큼 직접적·간접적으로 영향을 받은 서브컬처군 작품도 많은 편이다.

극 전개나 캐릭터는 그리 특이한 것이 없다. 그런데도 이 작품이 오늘날까지도 사랑받는 이유는 남녀 주인공이 자신의 마음속에 있는 연모의 감정을 표현하는 그 대사들이 그야말로 주옥같은 시구이기 때문이다. 작품 전체의 대사가 영시의 약강 5보격 리듬으로 이루어져 있다(1행이 14자를 넘지 않도록 옮겼다-역주). 연극 전체의 대사가 하나의 시로 읽힌다는 것이다. 그래서 영문학을 공부하는 학생들이 『로미오와 줄리엣』을 보면 세익스피어를 천재라 여길지도 모른다.

극 중반의 밀회라든가 결말에 양가가 화해하는 등의 장면은 정통 비극이라고 하기에는 희극적이다. 희극적인 부분과 비극적인 부분이 비교적 빠른 속도로 교차하는 점 때문에 문학적 완성도가 떨어진다는 비판도 있다.

또한 로미오와 줄리엣이 맞은 비극적인 사건은 등장인물들의 성격 때문에 필연적으로 일어나는 것이 아니라 주변 환경 때문에 우연히 일어나는 것이라는 점도 비판의 대상이다.

고전적 연극 개념에서 비극(悲劇)이란 '운명에 의해서 인생이 붕괴하는 이야기'다. 셰익스피어는 이것을 개인의 내부적인 문제와 인간관계의 갈등의 문제를 더했다. 『햄릿』, 『리어왕』, 『맥베스』, 『오셀로』가 여기에 해당한다.

『로미오와 줄리엣』도 결국은 몰락하는 이야기다. 하지만 『로미오와 줄리엣』은 사람이 격렬하게 사랑하다가 둘이 의도적으로 일을 꾸몄고, 우연히 일이 꼬여서 죽은 것이다. 로미오와 줄리엣의 사랑은 두 사람의 관계로 인한 것도 아니고, 내적 고뇌로 인한 것도 아니고, 운명적으로 실패할 수밖에 없기 때문도 아니다. 그냥 '우연'이다.

그리고 작중에서 두 집안이 왜 원수였는지는 언급되지 않는다. 그냥 태어나고 보니 원수 집안이었을 뿐이다. 이 때문에 로미오와 줄리엣은 비극에는 들지 않는다. 결정적으로 연애하다가 죽은 이야기는 비극이 아니기 때문이며, 두 가문은 자식을 잃고 이 둘을 몰아붙인 가문 간의 증오를 회개하면서 화해하기 때문이다.

극에서의 시간은 5일밖에 안 된다. 말이 5일이지 실제로 로미오와 줄리엣이 같이 있던 시간은 24시간도 채 안 될 것이다. 그 5일 사이에 서로 반하고 뜨거운 하룻밤을 보내고 결혼하고 동반자살을 하는 것을 보면 여러모로 대단하다. 이를 셰익스피어의 표현을 빌리면 "말리면 말릴수록 불타는 것이 사랑이다. 졸졸 흐르는 시냇물도 막으면 막을수록 거세게 흐른다."가 아닐까.

작가 연보

1564년 4월 23일, 잉글랜드의 중부, 워릭셔 주(州)의 지방
　　　도시 스트랫퍼드 온 에이번(Stratford on Avon)에서
　　　부친 존 셰익스피어와 모친 메리 아든의 장남으로
　　　출생. 아비지 존은 비교적 부유한 상인이었다.

1568년 부친 존이 에이번 시장으로 선출.

1576년 영국 최초의 상설극장이 런던에 개설.

1577년 집안의 가세가 기울어 학업을 중단.

1582년 11월 27일, 여덟 살 연상의 앤 헤더웨이와 결혼.

1583년 5월 하순, 장녀 스잔나 출생.

1585년 장남 햄닛트와 차녀 주디스가 쌍둥이로 출생.

1590년 「헨리 6세」 제2부, 제3부 초연.

1591년 「헨리 6세」 제1부 초연

1592년 「리처드 3세」, 「실수의 희극」 초연. 런던에 발생한
　　　　전염병으로 인해 극장 폐쇄. 때를 같이 하여 런던
　　　　극단도 전면적으로 개편, 이때부터 신진극작가인
　　　　셰익스피어에게 본격적인 활동의 기회가 주어짐.

1593년 「타이터스 앤드로니커스」, 「말괄량이-길들이기」
　　　　초연. 시집 『비너스와 아도니스』 출판.

1594년 「베로나의 두 신사」, 「사랑의 헛수고」, 「로미오와
　　　　줄리엣」 초연. 『타이터스 앤드로니커스』 출판. 시
　　　　집 『루쿠리스』 출판.

1595년 「리처드 2세」, 「한여름밤의 꿈」 초연.

1596년 장남 햄넷트 사망. 「존 왕」, 「베니스의 상인」 초연.

1597년 고향 스트랫퍼드 온 에이번에 호화스런 저택 뉴플
　　　　레이스를 사들임. 「헨리 4세」 제1부, 제2부 초연.
　　　　『리처드 2세』, 『리처드 3세』 출판.

1598년 「헛소동」, 「헨리 5세」 초연. 『헨리 4세』 제1부 출
　　　　판. 『사랑의 헛수고』 출판.

1599년 「줄리어스 시저」, 「뜻대로 하세요」 「십이야(十二夜)」 초연. 글로브 극장 신축.

1600년 「햄릿」, 「윈저의 유쾌한 아낙네」 초연. 『헛소동』, 『헨리 4세』, 제2부 출판. 『한 여름밤의 꿈』. 『베니스의 상인』 출판.

1601년 부친 존 사망. 「트로일러스와 크레시다」 초연.

1602년 부동산 투자에 관심을 가짐. 5월 스트랫퍼드 근교에 광대한 토지를 구입. 9월, 고양의 샤펠레인에 있는 토지와 집을 사들임. 「끝이 좋으면 더 좋은 것」 초연.

1603년 3월 24일, 엘리자베스 여왕 서거. 4월, 전염병이 유행하여 극장이 폐관.

1604년 「오셀로」, 「자에는 자로」 초연.

1605년 「맥베드」, 「안토니오와 클레오파트라」 초연.

1607년 6월 5일, 장녀 스잔나 결혼. 「크리오레이너스」, 「아테네의 타이몬」 초연.

1608년 스잔나의 딸 엘리자베스 출생. 9월 7일, 모친 메리 사망. 스트랫퍼드에 매장. 「페리클리즈」 초연. 『리어왕』 출판.

1609년 「심벨린」 초연. 『소네트집(集)』『트로일러스와 크레
시다』, 『페리클리즈』 출판.

1610년 「겨울 이야기」 초연.

1611년 「폭풍우」 초연.

1612년 동생 길버트 사망, 스트랫퍼드에 매장.

1613년 동생 리처드 사망. 6월 29, 「헨리 8세」 초연 중 화
재로 글로브 극장 소실.

1614년 6월, 글로브 극장 재개.

1616년 2월 10일, 차녀 주디스 결혼, 4월 23일 셰익스피어
사망. 스트랫퍼드의 홀리 트리니티 교회에 매장.